Doris Weber (Hrsg.)

Küssen werden wir uns später

Menschen erzählen ihre Geschichten

IMPRESSUM

Doris Weber (Hrsg.)
Küssen werden wir uns später
Layout: Andreas Klinkert
Titelfoto: © Bildagentur Waldhaeusl
Druck: Druckhaus Bayreuth

Auflage: 1 2 3 4 5

Jahr: 2005 2006 2007

Verlagsgesellschaft mbH
Postfach 2010
61410 Oberursel
ISBN: 3-88095-143-8

DORIS WEBER (Hrsg.)

Küssen werden wir uns später

Menschen erzählen ihre Geschichten

Einleitung

Im März 2004 schrieb uns eine Leserin folgenden Brief: »Liebe Redaktion! Hier ist meine Geschichte, es ist die schönste und die traurigste Geschichte meines Lebens zugleich; Sie können diese Geschichte abdrucken, aber bitte nicht mit meinem Namen.« Zwei Tage später folgte von derselben Leserin erneut ein Brief: »Liebe Redaktion! Ich habe es mir anders überlegt: Schreiben Sie meinen ganzen Namen darunter. Meinen Vor- und Zunamen. Denn wenn ich nicht zu meiner Geschichte stehe, dann stehe ich nicht zu meinem Leben.«

Am 16. Januar 2004 begann *Publik-Forum* im Journal mit einem aufregenden Experiment, mit dem Abenteuer des großen Erzählprojekts. »Wir bitten Sie: Erzählen Sie uns Ihre Geschichte«, so lautete der Aufruf wenige Wochen zuvor in der Weihnachtsausgabe des Jahres 2003. »Erzählen Sie uns von einem schönen oder traurigen Augenblick in Ihrem Leben, von einem Tag, Monat, Jahr, von einer Sekunde, die Ihr Leben veränderte. Von einer Begegnung voller Glück, einem Abschied voller Schmerz, erzählen Sie uns von einem Hund, einem Baum, einem Huhn, einem Rollschuh oder einem Stern.«

Am 16. Januar 2004 erzählten in *Publik-Forum* eine Leserin und ein Leser eine »Hühnergeschichte« und die Geschichte von »Longlife Roses«. Das große Projekt hatte begonnen. In jeder weiteren Journal-Ausgabe von *Publik-Forum* wurden seitdem mindestens ein bis zwei Geschichten von *Publik-Forum*-Leserinnen und -Lesern veröffentlicht. Bis zur Fertigstellung dieses Buches schickten weit über 600 Menschen, junge und alte, Frauen und Männer, Väter und Mütter, Großväter und Großmütter, Kinder und Enkelkinder, ihre Geschichte an *Publik-Forum*. Menschen erzählten Geschichten aus ihrer Welt, die auch unsere Welt ist. Es sind Erinnerungen, Gefühle, Gedanken des Herzens direkt auf das Papier geflossen, oft stockend noch im eigenen Staunen über das langsame Erwachen der Wörter aus einem jahrzehntelangen Schlummerzustand.

»In meiner Schublade schlummerte so viel von meinem Leben vor sich hin. Ich hole es jetzt raus.«

»Ich habe beim Schreiben meinen alten Schmerz von vor fünfzig Jahren berührt und viel geweint. Jetzt, nachdem ich meine Geschichte in Worte fassen konnte, ist mir leichter ums Herz.«

»Ich habe meine alten Tagebücher vom Speicher geholt und endlich den Mut gefunden, diese Geschichte zu schreiben.«

»Meine Geschichte ist eine Reise in die Unterwelt meiner eigenen Seele.«

»Ich sende Ihnen eine Geschichte, die mein ganzes Leben verändert hat.«

»Ich schreibe eine Geschichte, die ich nie vergessen habe.«

»Ich schreibe ihnen, dass ich lebe – wieder lebe, denn ich war lange Zeit tot.«

»Ihr Geschichtenerzählprojekt ist für mich ein Wink des Schicksals, von Kindheit an war es ein Lebenstraum für mich zu schreiben. Jetzt schreibe ich.«

»Das Schreiben hat mich aufgetaut, ich lag so lange seelisch auf Eis.«

»Ihr Aufruf gab mir den Anstoß, mich auf den Weg zu machen. In den Nächten bin ich zu meinen Geschichten zurückgekehrt, und damit auch in mein Leben.«

»Ich erzähle meine Geschichte, um Menschen zu ermutigen, ihre verschütteten Kräfte wieder zu entdecken.«

»Danke für diesen Anstoß. Beim Schreiben löste sich die Schwere auf meiner Seele.«

»Jeder Mensch hat eine Seele. Jeder Mensch hat eine Sprache. Jeder Mensch hat eine Geschichte. Erzählen Sie uns, dass Sie leben. Lassen Sie uns alle lebendig werden in unserem großen gemeinsamen Erzählprojekt«, mit diesen Worten erinnerten wir immer wieder in unserem *Publik-Forum*-Aufruf an das Erzählprojekt. Und siehe da: Jeder Mensch kann schreiben, wenn es *seine* Geschichte ist. Authentisch – im wahrsten Sinne des Wortes. Die Geschichten, die uns erreichten, sind in einfache, unkomplizierte Worte gekleidet, in einer ehrlichen, überzeugenden Sprache geschrieben, in einer berührenden Schlichtheit, die von Wahrhaftigkeit zeugt. Es sind menschliche Geschichten, weil jeder Mensch eine Geschichte hat. Wenn sie wahr sind, finden die Worte den Weg vom Ich zum Du. Erzählen macht aus Menschen Mit-Menschen. Im Schreiben liegt die Hoffnung, dass die Menschen mit ihrer Geschichte nicht alleine sind, dass sie mit ihrer Geschichte im Auge des Anderen ein Gesicht bekommen. So wurde aus dem Erzählprojekt zuerst eine Begegnung mit der eigenen Geschichte, mit der eigenen Vergangenheit, die jedoch ihre Kreise zog, immer größer und immer weiter, eine Öffnung über das eigene »Haus« hinaus. Sie alle, die sich an diesem Erzählprojekt beteiligt haben, folgten dem Ruf, die Anderen an ihrem Leben teilnehmen zu lassen. Erzählen wurde so zu einem immer währenden erhellenden Gespräch, das uns gemeinsam zum Verstehen führt. Denn wir alle tragen eine individuelle Erfahrung von Leid in uns. Erfahrungen von Schmerzen, die Heil suchen, von Enttäuschungen, die auf bessere Zeiten hoffen, von der Anwesenheit und der Abwesenheit von Liebe, Erfahrungen aber auch von Trost, wo nur Dunkelheit uns umhüllt, von Glück, das unverhofft zuteil wurde, von Geschenken, die an Wunder grenzen. Die sensiblen Schilderungen gerade jener unsichtbaren Dinge, die zu einer sichtbaren Wandlung führten, sind Zeugnis einer tiefen Sehnsucht, die über uns selbst hinausweist. Und immer wieder wunderbare Geschichten überwältigender Liebe. Zu den Kindern, Eltern, Ehemännern und Ehefrauen, Geschwistern und Großeltern. Bekenntnisse von Treue über den Tod hinaus. Im Erzählen solcher Geschichten spinnen wir einen unsichtbaren Faden um die Welt, beginnen wir, unsere Erinnerungen miteinander zu teilen. Mit unserer kleinen Melodie treten wir ein in die große Symphonie der Welt.

»Ich hatte es nicht geplant, es kam eher über mich – und ich hatte es doch recht lange in mir bewegt, aber ich glaube, dass viele Menschen meine Erfahrung mit mir teilen.«

»Ich habe in Ihrem Erzählprojekt die Geschichte von der Familie gelesen, die ihre vier Kinder verloren hat. Ich möchte ihr so gerne mit meiner Geschichte eine Freude machen.«

»Mit diesem kleinen Gedicht von mir und unserem ersten Zwerghuhn möchte ich der Autorin für die in Ihrem Erzählprojekt jüngst veröffentlichte Geschichte vom Wachtel-Wunder danken.«

»Ich widme meine Geschichte allen weisen Eulen, die mich für einen Bruchteil einer Sekunde oder einige Jahre lang auf meinem Weg begleitet haben.«

»Die Erinnerung an den Beginn unserer Beziehung und den Anfang unseres gemeinsamen Weges hat meiner Frau und mir gut getan.«

»Ihre Geschichten haben mir geholfen, mich zu öffnen. Ich fühle mich innig mit ihnen verbunden. Jetzt wage ich meine eigene Geschichte.«

Worüber schreiben die Menschen? Über alles. Über die großen und die kleinen Dinge, die komischen und die tragischen. Über Geheimnisse und Grenzerfahrungen mit Engeln und Schattenmenschen. Über Krankheit und Tod, über Ost und West, Gefangenschaften im Sozialismus, im Kapitalismus, über den Krieg. Sehr viel über den Krieg. Deshalb haben wir im Rahmen unseres Erzählprojekts einen ersten Band fertig gestellt mit dem Titel *»Ein Engel, der als Esel kam – Menschen erzählen ihre Kriegsgeschichten«*.

Viele alte Menschen griffen zur Feder. Ihre Manuskripte tragen eine persönliche Handschrift, zitternd fügten sie Buchstabe für Buchstabe aneinander, schleppend trugen sie ihre Gedanken von einem Wort zum anderen. Sie riskierten den Schmerz der Erinnerung. Endlich könnte sich lösen, was sie so lange gefesselt hatte. Manche schweren Brocken fielen von der Seele und bleiben nun für die Nachfolgenden zurück wie Findlinge. Es schrieben viele Zeitzeugen gegen das Vergessen. Für sie ist mit diesem Erzählprojekt die Zeit des Sprechens herangebrochen. Erzählen macht Menschen auch zu Mit-Leidenden. Schreiben zeugt von dem Mut, die eigene Geschichte mit ihren Schmerzen und ihrem Heil anzuerkennen.

Worüber schrieben die Menschen noch? Von kleinen Kartoffeln, als ich noch ein Beduine war, von einer Amsel und einem Geheimnis am Wegesrand, von Franziska auf der Himmelsleiter, von Robin Hut und einem Besuch in der Todeszelle in Texas.Von Tagträumen aus 95 Lebensjahren, von einer Frau, die vor fünf Minuten Witwe geworden ist, von dem Ei des Wundervogels, von einem Schuh, Variationen eines Tintenkleckses und über die fast philosophische Frage: »Sind Sie auch schon mal von einer Fliege überrannt worden?«

»Hier ist mein kleiner Dialog mit meiner Spinnen-Freundin.«

»Jetzt beteilige ich mich an Ihrem Erzählprojekt, und ich weiß, dass meine Geschichte nicht mehr verloren geht.«

»Mit der Einladung zu dem Erzählprojekt stand diese Geschichte so klar vor meinen Augen, dass ich wusste, ich muss diese Erinnerung endlich genau ansehen.«

»Ich schreibe eine wahre Geschichte, das, woran ich mich am weitesten in meiner Kindheit zurückerinnere.«

Sehr viele Menschen haben *Publik-Forum* in diesem Erzählprojekt ihre Gedanken und Gefühle anvertraut. Jedem Einzelnen gebührt Respekt und Dank. Die Auswahl der veröffentlichen Geschichten geschah rein zufällig, jeder Text hätte einen Platz in diesem Buch verdient, doch das war bei der Fülle der eingesandten

Manuskripte leider nicht möglich. Und dennoch, es bleibt dabei, kein Wort ist umsonst geschrieben:

»Ich schicke Ihnen die Geschichte meines Lebens. Vielleicht werden Sie meinen Text veröffentlichen, wenn nicht, hat es mir gut getan, einmal innezuhalten und sie aufzuschreiben.«

So ist es mit Wörtern. Sind sie erst einmal in der Welt, dann bleiben sie, gehen sie ein in die große Symphonie. Nichts geht verloren. Wir alle haben ein Seelenleben, sind Teil dieser Welt. Wir alle weben mit unseren Gedanken und Wörtern an einem gemeinsamen Tuch.

Doris Weber im November 2005

Inhalt

Kleine Lebenskünstlerin

Seit Wochen staune ich jeden Tag über ein kleines Wunder des unbesiegbaren Lebens.

Wenn ich am Vormittag auf dem Weg zur Straßenbahn von der kleinen Seitenstraße in die Hauptstraße abzweige, fällt mein Blick auf den Wegwartestrauch. Mit wenig Humus begnügt sich diese Pflanze neben Asphalt und Granit-Randstein. Sie wächst und an jedem neuen Tag öffnen sich am Morgen wieder frische hellblaue Blütensterne. So leicht ist sie zu übersehen, diese kleine Lebenskünstlerin.

Wenn ich dann gegen Abend den gleichen Weg zurückkomme, dann sind von diesen hellblauen Sternen nur noch braune vertrocknete Reste übrig. Als ich das zum ersten Male erlebte, diese kurze aber intensive Lebensdauer, war ich traurig. Aber jetzt weiß ich aus der Erfahrung mehrerer Wochen: Morgen, wenn ich wieder auf dem Weg zur Straßenbahn vorbeikomme, leuchten mir wieder neue blaue Blumensterne entgegen. Wunderbar! Danke, kleine bescheidene Wegwarte!

Maria Amrein

Das Wunder

Mit ungefähr 25 Jahren hatte ich ein Erlebnis, das mein Leben veränderte.

Traurig und voller Kummer nach einer gescheiterten Beziehung, suchte ich in meinem Heimatort die Stille der Natur auf. Ich ging einen altvertrauten Weg hoch, bis oberhalb meines Dorfes. Es war eine milder Tag im Frühling und ich setzte mich ins Gras.

Was dann geschah, ist schwer in Worte zu kleiden. Plötzlich zeigte sich mir die Welt in einem neuen Licht oder vielmehr: in einer anderen Dimension. Als ob ein unsichtbarer Schleier zerrissen worden wäre, sah ich die Grashalme in ihrem intensiven Grün und ihrer vollendeten Form, die Tautropfen glänzten darauf wie Diamanten, die Luft duftete. Staunend nahm ich das Wunder der Natur wahr, mein Herz wurde leicht, befreit »wusste« ich auf einmal um die »Wahrheit« der Welt: Schönheit und Liebe.

Dieses Glücksgefühl, diese umfassende Liebe zur Natur, ihren Geschöpfen und zu den Menschen begleitete mich über mehrere Tage. Leider war ich in meinem Überschwang unerfahren und leichtsinnig genug, von diesem Erlebnis meinen nächsten Verwandten zu erzählen; ich erntete nur Spott und sogar Unwillen.

So brachte mich dann dieses Erlebnis und die Erfahrung des (verfrühten) Sprechens darüber dazu, mehr über mich selbst und den Sinn meines Lebens nachzudenken. Ich suchte mir einen neuen Freundeskreis, machte später eine zweite Ausbildung in einem sozialen Beruf.

Bis heute, mehr als 25 Jahre später, bin ich für dieses erste Erlebnis der Gnade, so möchte ich es ganz altmodisch nennen, dankbar. Es hat mich nicht zu einem besseren Menschen gemacht, aber es hat mir Vertrauen geschenkt. Es lehrt mich bis heute, Wichtiges von Unwichtigem zu unterscheiden und auf dem Weg zur Menschwerdung, zu Liebe und Frieden zu bleiben.

Brigitte Balmer Landwehr

Tante Gertrud

Spitzzüngig war meine Patentante Gertrud, oft auch verletzend; besonders gern entdeckte sie Laufmaschen, Flecken, überhaupt alle nur möglichen Unvollkommenheiten bei ihrem jeweiligen Gegenüber. Wenn ich an ihrem Namenstag mit einem Veilchensträußchen zu ihr geschickt wurde, machte ich diesen Gang nicht gern.

Tante Gertrud wohnte mit ihrer Mutter im Haus des Bruders und seiner Familie, half in deren Konditorei aus oder bediente im Café. Ich wurde wenig freundlich behandelt, musste auch noch zehn Prozent »Bedienung« bezahlen, wenn ich mir, was selten vorkam, von meinem Taschengeld im Café ein Eis leistete. Dass Tante Gertrud mir etwas spendiert hätte, daran war kaum zu denken, aber dass sie auch bei mir den üblichen Aufschlag kassierte, das fand ich schlimm.

Sie schien sich nur dann richtig zu freuen, wenn ich »e Masch laafe« hatte oder sonst Anlass bot, sich über mich lustig zu machen. Gern erzählte sie auch bei Gewittern, dass »et Herrgottche schennt« ... Kein Wunder, dass ihr die Kinderherzen nicht zuflogen.

Eigentlich sollte eine Cousine meines Vaters die Patenschaft für mich übernehmen – aber Tante Gertrud habe so geweint und zusammen mit ihrer Mutter einen solchen Druck ausgeübt, dass mein armer junger Vater schweren Herzens einwilligte, seiner kratzbürstigen Schwester dieses Amt zu überlassen.

In der Familien-Erinnerung lebt hauptsächlich die kritische Art unserer Tante weiter. Wenn mein Patenkind Lottchen z. B. die Neigung zeigt, sehr eingehend die äußeren Mängel einer anderen Person zu kommentieren, ertönt schon mal ein mahnendes »Tante

Gertrud!«, oder der Kritisierte gibt dann zurück: »Du haschd e Masch laafe!«

Tante Gertrud starb relativ früh, an krankem Herzen. Heute, mit Abstand, versuche ich sie verständnisvoller und gerechter zu betrachten. Sie hat wohl auf ihre ungeschickte Art versucht, Kontakt zu uns Kindern aufzunehmen; leider auf eine Weise, die eher das Gegenteil bewirkte.

Erst kürzlich habe ich von meinem Vater etwas erfahren, das mich sie noch einmal in anderem Licht sehen lässt. Als junger Soldat, so erzählte mein Vater, sah er im Russland-Feldzug zufällig mehrere Soldatengräber; ein Name kam ihm bekannt vor, und er fotografierte das Kreuz. Wenig später erfuhr er von seiner Mutter, dass der junge Mann, der diesen Namen trug, in der Nachbarschaft wohnte und vermisst wurde und – dass er Gertruds »Kavalier« war. Ein Metzgergeselle, mit dem sie sich öfter getroffen, mit dem sie sich vermutlich eine gemeinsame Zukunft gewünscht hatte.

Nie war in unserer Familie über Gertruds Verlust, ihre verlorene Hoffnung gesprochen worden.

Und auch dieses Wissen hilft mir heute, hinter der schroffen, abweisenden Fassade von Tante Gertrud eine unglückliche Frau zu sehen, der das Leben viel versagt hat.

Anneli Baum-Resch

Nicht müde werden

Wir hatten schon einmal darüber gesprochen, Ruth, die Weggefährtin, und ich, der über Achtzigjährige: Es wäre wohl möglich, falls unsre Gemeinde ein Kirchenasyl beschließen würde, in Ruths Haus einige Menschen unterzubringen. Fast unbemerkt und zwischen verständigen Nachbarn.

Nach einem Gottesdienst im Frühjahr 2001 stand eine kleine Gruppe von Menschen ziemlich verschreckt im Hintergrund des Kirchenschiffs. Der Dekan bedeutete einigen noch Anwesenden, die kurdische Familie sei aus dem Untergrund aufgetaucht und bitte um Kirchenasyl. Mir ließ das keine Ruhe. Gegen Abend rief ich beim Dekan an, ob er für die Familie einen Platz gefunden habe. Er verneinte. Darauf ich: »Bringen Sie die Leute zu uns!« Ruth machte große Augen, sagte aber nichts.

Eine halbe Stunde später war die Familie da: Hassan und seine scheue Frau, der zwölfjährige Ismail und seine beiden jüngeren Schwestern.

Bis vor drei Jahren hatte die Kleinbauernfamilie in einem Dorf der südöstlichen Türkei in Ruhe gelebt. Dann sollte Hassan »Dorfschützer« werden und der Polizei verraten, wer nächtlicherweise aufständischen Kurden Lebensmittel gegeben hatte. Hassan weigerte sich zwei Mal. Beide Male nahm ihn die Polizei in Gewahrsam und folterte ihn. Dann flüchtete er nach Deutschland. Die Familie verkaufte die bewegliche Habe und kam nach. Ihr Asylantrag wurde abgelehnt. Zwar wurde Hassan politischer Widerstand zuerkannt, doch dieser habe »ein zu geringes Profil«. Die Abschiebung wurde angedroht. In ihrer Angst tauchte die Familie unter.

Wir haben 31 Tage mit Familie B. zusammengelebt. Es war schwieriger, als wir gedacht hatten. Nur Ismail konnte etwas Deutsch. Wir hatten Tischgemeinschaft; aber was ist das schon, wenn man kaum miteinander reden kann. Bei unserem kleinen Badezimmer für nun sieben Personen war es mit der Hygiene manchmal problematisch. Bald stellte es sich heraus, dass Hassan depressiv war und Behandlung brauchte. Glücklicherweise war der Therapeut, der Hassan vor dem Untertauchen behandelt hatte, wieder dazu bereit, zunächst kostenlos. Die beiden Erwachsenen versuchten, in Haus und Garten mitzuhelfen, doch wir sahen und spürten vor allem, wie sehr Familie B. in den drei Jahren beschädigt worden war.

Aber nun gibt es auch Schöneres zu erzählen:

Unser Dekan, der sofort Verbindung mit den zuständigen Personen und Behörden aufnahm, erreichte, dass die Fahndung nach den Untergetauchten schon am dritten Tag eingestellt wurde. So waren wir wenigstens nicht mehr »illegal«. Er verstand es auch weiterhin, harte Eingriffe der Behörden zu verhindern. Wir alle vermieden es, öffentliche Aufmerksamkeit zu erregen. Trotzdem sprach es sich herum, dass da Hilfe nötig wäre. Wir konnten nur staunen: Es kamen Geld, Kleidung, mehrmals Angebote für ein neues Quartier, Plätze in der Schule und im Kindergarten, Aufnahme in eine Fußballmannschaft. Alles ohne öffentlichen Wirbel, von den Behörden geduldet.

Auch Verwandte der Familie kamen. Jetzt, da Christen sich vorbehaltslos einsetzten, entstand Vertrauen. Das zeigte sich besonders, als Frau B. starb. Sie hatte die Entbindung von einem vierten Kind nicht überstanden. Die Beisetzungsfeier fand nach alevitischem Ritus statt. Aber ein Psalm und das Vaterunser erklangen in Deutsch. Und zu dem Totengedenken nach vierzig Tagen wurden wir Deutsche auch eingeladen. Auf Bitten des leitenden Geistlichen sprach ich ein paar Sätze über die gemeinsame Verantwortung der Menschen füreinander.

Doch, so gut das alles war, was sollte daraus werden?

Die Abschiebung drohte nach wie vor. Nach allem, was der Rechtsanwalt von Familie B. bisher an Urteilen und Beschlüssen erreicht hatte, konnten wir keine Chance für sie erkennen. Das Bleiberecht gab es jeweils nur für einen Monat. Sollte alles umsonst gewesen sein? Es blieb uns nur die Hoffnung. Wir fanden sie am schönsten ausgedrückt in dem kleinen Gedicht von Hilde Domin:

Nicht müde werden
sondern dem Wunder
leise
wie einem Vogel
die Hand hinhalten.

Es war dann kaum zu fassen: Letztes Jahr fand sich ein gnädiger Richter. Sein Spruch: Vorläufiges Bleiberecht für die Familie, weil die Behandlung von Hassans Depression in der Türkei nicht gewährleistet sei. Salz der Erde, das liebesfähig macht, scheint es tatsächlich zu geben.

H. B.

Unbekannter Engel

Ich habe es nicht so mit Engeln, ehrlich gesagt ... Aber im Juni ist mir wohl doch einer begegnet und genauso unerwartet wieder verschwunden, wie er auftauchte.

Es geschah auf dem Ökumenischen Kirchentag in Berlin 2003. Da ich es liebe zu tanzen, war es für mich klar, dass ich an wenigstens einer meditativen Tanzveranstaltung teilnehmen würde und so geriet ich ins Palais des Messegeländes.

Der Saal war übervoll mit tanzfreudigen Menschen.

Die biblische Geschichte, die tänzerisch umgesetzt werden sollte, war der Kampf Jakobs mit dem geheimnisvollen Unbekannten am Jabbok (vgl. Gen 32, 22ff.).

Unter Anleitung des Choreografen setzte sich die riesige Menschenschar, aufgestellt in mehreren Reihen, in eine gegenläufig schwingende Bewegung und so entstand auf wunderbare Weise das sanfte Wellenspiel des Jabbok, was mir sehr gefiel. An diesem Fluss nun geschah einst der nächtliche Überfall, die Begegnung Jakobs mit dem Unbekannten. War es ein Engel, war es Gott selbst? Das bleibt offen! Bevor wir dieses Ereignis nun spielerisch-tanzend nachvollziehen sollten, wurden wir musikalisch auf das eingestellt, was uns widerfahren würde, wenn wir uns auf das Experiment des »Ringens« mit einem Unbekannten einließen. Es wurde das Stück »Oblivion« von Astor Piazolla eingespielt.

Jeder tanzte für sich. Wie es den anderen erging, nahm ich nicht wahr, ich selbst war ergriffen von dieser Melodie.

Nun wurden wir aufgefordert, uns einen »Gegner« für das anstehende »Ringen« zu suchen und uns vorzustellen, mit wem wir es wohl zu tun hätten. Kampffreudig, wie ich bin, habe ich gleich einen besonders großen Herrn ausgesucht, der in meiner Nähe stand, und als er zustimmte, den Kampf mit mir zu wagen, wusste ich genau, um wessen Segen es für mich nur gehen konnte … Ich hatte einen starken »Kontrahenten« und es war eine echte Kraftprobe. Wir schoben uns hin und her auf der Tanzfläche, und wenn ich auch nicht die Stärkere war, so versuchte ich doch mein Gegenüber mit Wendigkeit zu überlisten. Die Sache war ziemlich schweißtreibend, ernsthaft und lustig zugleich. Wir blitzten oder lachten uns mit funkelnden Augen an und ich glaube, es hat uns beiden gut getan, einen so mutigen »Gegner« gefunden zu haben. Schließlich war das Kräftemessen vorbei und wir bekamen den Auftrag, einander auf eigene Weise, mit oder ohne Berührung, zu segnen. Was dann für mich geschah, kann ich bis heute nicht in Worte fassen. In Tränen aufgelöst empfing ich den Segen: Es war der Segen meines Vaters. Er war vor einiger Zeit verstorben und ich hatte lange gebraucht, um Abschied von ihm zu nehmen. Stets hatte ich das Gefühl, etwas zu vermissen, etwas, das von ihm ausging, etwas, das sein »Ja« zu mir bedeutete: seinen Segen! Bisher schien klar zu sein, dass dieser mir wohl nach seinem Tode nicht mehr zuteil werden würde. Bis zu diesem Tag! Ich hatte so sehr darum gerungen und nun endlich wurde er mir geschenkt …

Zum Abschied tauschten mein »Segenstänzer« und ich unsere Vornamen aus und verschwanden in der Dunkelheit des Raumes. Danke, Michael, unbekannter Engel!

Sigrid Bente

Fremde

An der Wertachbrücke stieg ich in die Straßenbahn ein, in einen der modernen bequemen Wagen, und stellte meine Einkaufstasche mit Brot, Obst und Gemüse neben mich auf den freien Sitz. Aufatmend lehnte ich mich zurück und schaute umher.

Draußen stand eine Gruppe junger Männer, die sich lebhaft mit Schulterklopfen, Umarmungen und Wangenküssen verabschiedete.

Sie riefen sich lachend etwas zu, als einige von ihnen einstiegen. Ich konnte nichts davon verstehen, auch nicht heraushören, in welcher Sprache sie sich unterhielten. War es Türkisch, Kurdisch, Serbisch, Kroatisch?

Was mochten sie sich mitgeteilt haben? Ging es um Mädchen, Fußball oder um eine Verabredung ins Kino?

Ansage: »Nächster Halt: Senkelbach«.

Eine junge Afrikanerin mit zwei kleinen Mädchen steigt ein. Jemand hilft ihr, den Kinderwagen herein zu heben. Sie lächelt und sagt leise »Thank you«.

Während sie die Ältere auf eine Bank hebt und die Kleine ein wenig im Wagen zurechtrückt, spricht sie in freundlichem, sanftem Ton mit den Kindern. Ich kann mir zwar vorstellen, was sie sagt, aber in welcher Sprache, das kann ich nicht einmal raten. Unter welchen Umständen mag sie wohl nach Augsburg gelangt sein? Wie mag es ihr hier ergehen? Wie fremd muss sie sich hier fühlen? Ob sie wohl fürchtet, dass sie jemand dumm anredet? Oder wünscht sie sich vielleicht, dass eine andere junge Frau mit kleinen Kindern sie freundlich anspricht?

Ansage: »Nächster Halt: Fischertor.«

Zwei füllige ältere Frauen mit vielen vollen Plastiktüten steigen ein. Lange graubraune Mäntel aus einem leichten Stoff reichen bis zu ihren Füßen, hübsche, bunte Tücher bedecken ihre Haare.

Vergnügt und lebhaft schwatzend tauschen sie sich aus, auf Türkisch, wie ich meine, aber ob über Kochrezepte, die Kinder, ihre Einkäufe oder gar über ihre Männer, bleibt mir verborgen. Sie scheinen sich recht wohl zu fühlen in der Fremde, oder scheint es nur so? Haben sie sich zurechtgefunden in der neuen Umgebung oder sich im Kreise ihrer Landsleute davon abgeschottet?

Ich bin sehr nachdenklich geworden und frage mich, wie ich mich fühle, was es mit mir macht, wenn um mich herum in vielen Sprachen gesprochen wird und ich nicht das Geringste davon verstehen kann. Jetzt bin ich diejenige, die fremd und ausgeschlossen ist und ich kann am eigenen Leibe spüren, was das bedeutet.

Ansage: »Nächster Halt: Stadtwerke. Umsteigemöglichkeit in die Linien 22 und 23.«

Ehe die Tram abfährt, steigt ein älteres Ehepaar ein, von kräftigem Wuchs, etwas altmodisch in der Kleidung, ich könnte sie mir gut bei einer bäuerlichen Tätigkeit vorstellen. Sie sprechen weniger und ruhiger als die lebhaften Türkinnen. Sie sprechen Russisch, das kann ich erkennen, ohne es zu verstehen. Mit welchen Erwartungen und Hoffnungen sind sie wohl hierher, in das Land ihrer Vorvorväter zurückgekommen? Fühlen sie sich fremd oder zugehörig?

Zwei junge Chinesinnen, unterwegs zur Uni, setzen sich auf die Bank vor mir. Ihr Sprechen klingt wie Vogelgezwitscher, ein lustiger Farbtupfer in dem allgemeinen Stimmen- und Sprachengewirr.

Ansage: »Nächster Halt: Rathausplatz. Umsteigemöglichkeit in die Linie 1.«

Einige Personen sind ausgestiegen, andere eingestiegen.

Mich beschäftigen Gedanken und Gefühle um das »Fremdsein« herum. Was bedeutet es für die Menschen, die hierher gekommen sind, aus welchen Gründen auch immer, und was bedeutet es für mich, die ich immer hier gelebt habe?

Ich bin hier zu Hause, eine »Einheimische«, die sich plötzlich fremd fühlt, weil so viel Ungewohntes und Neues in ihr bisheriges, alltägliches Leben gekommen ist.

Eigentlich stehen Einheimische und Fremde vor dem gleichen Problem, der gleichen Frage: Wie können wir mit dem, was uns fremd ist, gut umgehen?

Maria Luise Bertram

Grenzerfahrungen

Es war im Sommer 1990, kurz nach der Wende, dem einschneidendsten Ereignis im Leben eines Ostdeutschen. Vorsichtig tastend bewegten wir uns auf ungewohnten Wegen. Ungeahnte Möglichkeiten zeichneten sich noch schemenhaft ab. Reisepläne konnten Gestalt annehmen, neue Freundschaften wurden geschlossen, Städtepartnerschaften entstanden.

Die reiche, schöne Stadt R. in der Nähe des Bodensees hatte sich ausgerechnet unsere kleine sächsische Industrie- und Gartenstadt als Partnerin erwählt – ein ungleiches Verhältnis, wie ich bald feststellen konnte. Denn in unserer Stadt gab es Zustände, die in allen DDR-Städten üblich waren: an den Altbauten bröckelnde Fassaden, graue Neubaublocks, massive Versorgungslücken. Also Tristesse auf der ganzen Linie! Da flatterte uns Ende Mai ein Brief der »Grünen« aus R. ins Haus! Eine Einladung an die Ehefrauen der »Grünen« bei uns, doch einmal die neue Partnerstadt im »Westen« kennen zu lernen. Die Gäste sollten in Privatquartieren wohnen, ein interessantes Programm sei vorbereitet worden. Die Freude über die freundliche Einladung und die Aufregung wegen der bevorstehenden Reise ins bis dato unbekannte Land Bundesrepublik waren groß. Schließlich fuhren fünf Frauen mit Kindern aus unserer grauen Stadt an der Elbe.

Ich hatte weniger Bedenken wegen der langen, strapaziösen Reise – das kannten wir hier in der ehemaligen DDR gut. Aber wie sollte ich diesen so fremden Deutschen jenseits der Grenze gegenübertreten? Welche Geschenke sind die passenden? Wie kleidet man sich für diese halb offiziellen Urlaubstage? Diese Sorgen plagten mich lange! Schließlich bestieg unsere Gruppe – fünf Frauen, drei Kinder – an einem heißen Sommertag in Dresden den Nachtzug Richtung München. Unser Gepäck war nur klein. Hofften wir doch, mit der ganz neuen D-Mark am Bodensee schöne Dinge für unsere Familien kaufen zu können.

Die Fahrt zog sich hin. Es gab Verspätungen. Nachts um drei Uhr mussten wir nach längerer Wartezeit in Aalen umsteigen. Weiter ging es bis Ulm. Dort stiegen wir in den Regionalzug Richtung Partnerstadt. Endlich kamen wir gegen acht Uhr morgens fröstelnd, übermüdet und mit klopfendem Herzen an. Eine kleine Gruppe Menschen schien uns zu erwarten. Zögernd gingen wir auf sie zu. »Seid ihr die Frauen aus Sachsen?«, fragte jemand auf Schwäbisch. Mein Name wurde genannt. Ein freundliches, älteres Ehepaar nahm mich in die Mitte und führte mich zum Auto. Wir fuhren durch die noch stillen Straßen der wunderschönen, sauberen, intakten und von bunten Farben leuchtenden Stadt. Türme und viel Grün konnte ich im Vorbeifahren erkennen. Weiter ging es aus der Stadt hinaus bis zu einer Siedlung mit geschmackvollen großen Häusern, umgeben von Gärten und Wald. Meine Gastgeber zeigten mir ihr Haus und dann »mein« Zimmer. Dort, endlich allein, sank ich auf einen Stuhl und schaute mich um. Schön gestaltete Jugendstilmöbel sah ich, ein bequemes Bett, Trockensträuße; zarte Aquarelle hingen auf der dunklen Tapete. Auf dem Toilettentisch standen zierliche alte Porzellan- und Silberdöschen. Broschen lagen dort, und am Spiegel hingen alte, kostbare Goldkettchen. In diesem Zimmer wohnte also jemand, es war kein schnell hergerichtetes steriles Gastzimmer! Und nichts von den echten, kostbaren Sachen war weggeräumt worden! Man vertraute mir, einem wildfremden, aus dem »Osten« kommenden Menschen, vorbehaltlos! Das überwältigte mich. Ich legte die Hände vors Gesicht und weinte.

Später erzählte ich meinen Gastgebern von mir und stellte viele Fragen. Bald merkte ich, dass uns etwas Wesentliches verband: die

Liebe zur Natur und zum einfachen, ursprünglichen Leben. Weitere gemeinsame Interessen waren Literatur und Kunst. An den folgenden Abenden stapelten sich auf meinem Tisch Bücher, von denen ich bisher nur Autor und Titel kannte. In dem herrlichen Naturgarten durfte ich barfuß über die Wiese laufen, Beeren naschen oder unten am Bach Füße und Gesicht kühlen. Ganz wie zu Hause!

Aus dieser ersten Begegnung damals im Sommer 1990 ist eine feste Freundschaft geworden, die sich auf unsere ganze Familie ausdehnt. Eine Freundschaft, getragen von Vertrauen, Achtung und vielen gemeinsamen Interessen – trotz unserer unterschiedlichen Lebenswege bis zur Öffnung der Mauer 1989.

Maria-Luisa Bielietz

Die schwerste Nacht

Vor 25 Jahren wurde ich geschieden. Mein Ex-Mann ließ mich mit meinen beiden Kindern, meiner 14-jährigen Tochter und meinem zwölfjährigen behinderten Sohn, allein, um mit einer anderen Frau zu leben.

Ich wollte es allein schaffen, obwohl ich wusste, dass es sehr schwer werden würde mit meinem Sohn. Meine Tochter ging aufs Gymnasium und war sehr selbstständig. Mein Sohn ging in die Behindertenschule, nachmittags wurde er mit dem Behindertenbus nach Hause gebracht. Ich selbst saß acht Stunden pro Tag in der Sparkasse, um unseren Unterhalt zu verdienen. Mein Tag begann um 5.30 Uhr morgens und endete um 22 Uhr. Da blieb nichts für mich.

Neun Monate hielt ich das durch, nahm ständig ab, obwohl ich normal aß, und brach dann mitten im Dienst in Weinkrämpfen zusammen. Ich wurde eine Woche krank geschrieben, arbeitete wieder und zwei Wochen später kam der zweite Zusammenbruch. Ich saß vor meinem Arzt und sagte: »Haben Sie eine Irrenanstalt? Dann liefern Sie mich ein. Ich bin am Ende!« Die Antwort war: »Entweder Ihr Sohn oder Sie! Und denken Sie daran, dass Sie noch eine minderjährige Tochter haben, die Sie braucht! Wir werden Ihren Sohn sechs Wochen in die Ferien schicken, damit Sie endlich wieder schlafen.« Ich willigte ein.

Was ich nicht wusste: Der Arzt hatte längst mit dem Familienfürsorger, der in der Scheidungszeit dafür gesorgt hatte, dass ich das Sorgerecht für die Kinder bekam, Kontakt aufgenommen. Nach drei Wochen besuchte mich der Fürsorger und sagte lächelnd: »Na, Mutter kann wieder, denn sie hat ja geschlafen, nä?« Als ich das bejahte, bekam ich sehr sachlich und klar die Antwort: »Wir suchen jetzt gemeinsam ein Haus, in dem Matthias mit anderen leben kann, und er wird direkt aus der Verschickung dort hingehen. Sonst sind Sie in drei Wochen wieder da, wo Sie gerade herkommen!« Ich weinte und lehnte ab.

Er blieb, ließ mich Kaffee kochen, ließ mich drei Stunden später Abendbrot zubereiten für ihn, meine Tochter und mich, und blieb. Und blieb und redete, leise und sanft. Er erklärte, teilte Erfahrungsberichte mit und blieb. Meine Tochter schlief längst. Wir schwiegen, wir redeten, ich weinte, er blieb. Immer wieder erklärte ich ihm, dass ich mein Kind nicht geboren habe, um es hinterher in eine staatliche Institution zu übergeben. Nachts um drei Uhr hielt er meine Hände an beiden Handgelenken fest, weil sie zitterten, und ich sagte ihm zu, dass ich mit ihm ein Heim für meinen Sohn suche.

Innerhalb von zwei Wochen war das passende Haus für meinen Sohn gefunden. Was ich wiederum nicht wusste: Mein Hausarzt und dieser Fürsorger hatten zusammen das Haus längst ausfindig gemacht, mich als »suizidgefährdet« eingestuft und so auf Anhieb diesen Platz gefunden.

Das war die schwerste Nacht meines Lebens, als ich diese Entscheidung treffen musste!

Lange noch litt ich unter Schuldgefühlen. Mein Sohn ist heute 37 Jahre alt und lebt glücklich in diesem Haus in Schleswig-Holstein. Ein Wochenende in jedem Monat ist er zu Hause, abwechselnd beim Vater oder bei mir. Er hat ein liebevolles Verhältnis zu seiner Schwester. Und im Heim hat er Freunde, die ich ihm niemals bieten konnte. Diesem Hausarzt von damals und diesem Fürsorger, der mir zwölf Stunden seiner Zeit gab, um mein Leben zu retten, verdanke ich, dass ich leben und atmen und froh sein kann, dass ich mich jung und vital fühle und heute noch Kraft für meinen Sohn habe, wenn er mich besucht. Ich führe ein glückliches Leben und ich bin dankbar, dass es »Engel des Augenblicks« gibt, die ich damals nicht als solche erkennen konnte.

Rita Birkholtz

Franziska auf der Himmelsleiter

Katharina, 82, schwach und müde geworden, freute sich über meine kurzen Besuche. Einmal sprach ich mit ihr über das Sterben. »Was ist für Sie das Himmelreich?« – »Dort treffen sich nur Menschen, die voller Frieden sind und Musik erklingen hören. Zank gibt es nicht. All meine Lieben sehe ich wieder.« – »Und wo sind die Bösen, die wir auf Erden fürchteten oder verabscheuten, z. B. Stalin oder Hitler?« – »Ach«, lautete Katharinas Antwort, »der Herrgott ist großzügig. Er hat so viele weite Räume, Böse treffen wir gar nicht.«

In den letzten Tagen sang ich ihr mit leiser Stimme alte Volkslieder vor. Die erste Strophe summte sie mit, schlief dann aber wieder ein. Einmal war ich bei der Strophe »Wenn ich dann gestorben bin ...« angelangt, als sie plötzlich die Augen aufschlug und schelmisch flüsterte: »Aber ich darf nicht so schnell sterben, sonst müssen Sie ja allein weitersingen.«

Franziska, 94 Jahre alt, begleitete ich ins Krankenhaus, als sie gestürzt war. Erschöpft von den zahlreichen Untersuchungen erklärte sie mit dem mir so vertrauten Humor: »Jetzt bin ich so kaputt, ich schaff's nur noch bis zur untersten Sprosse der Himmelsleiter. Dort sag ich zu unserm Herrgott: ›Ich bin doch 94 Jahre alt geworden. Nun kann ich nicht mehr!‹« – »Und was passiert dann?«, lautete meine Frage. »Dann kommt der Herrgott herab und sagt lächelnd: ›Ach Mensch, ich bin doch noch viel älter!‹«

Cläre Boge

Das böse Mädchen

Als Kindergartenkind darf ich zum ersten Mal an der Weihnachtsfeier der Kinderkirche teilnehmen. Inmitten meiner Kindergartengruppe ziehe ich in unsere Dorfkirche ein. Kein elektrisches Licht brennt, der Kirchenraum ist fast dunkel. Er wird nur durch die brennenden Kerzen am Christbaum etwas erhellt. Ich darf in der ersten Reihe sitzen. Der riesige Kirchenraum, das Geraune und Murmeln der Großen und Kleinen, der wunderschöne Tannenbaum, das sanfte Licht der Kerzen, die den Altarraum erhellen und noch genügend Licht übrig lassen, damit ich meine Eltern auf der Empore genau gegenüber sehe, machen mich stumm. Ich bin im Himmel, ich bin glückselig, ich sehe und höre niemanden neben oder hinter mir. Da bin nur ich und meine Eltern gegenüber auf der Empore im düsteren Kirchenraum mit dem überwältigend großen und schönen Christbaum mit seinem Kerzenschein. Es packt mich jemand unsanft am Arm. »Du böses Mädchen«, zischt meine Kindergartentante, »hör sofort auf zu pfeifen. In der Kirche pfeift man nicht. Wenn du noch mal pfeifst, schicke ich dich heim.« Ich falle aus dem Himmel, die Glückseligkeit ist weg. Ich schäme mich wegen der Rüge und weiß nicht, warum.

Marta Bubeck

Du bist doof

Natürlich weiß ich, dass man mit Englisch gut durchkommt. Man wird überall auf der Welt verstanden, aber ich weiß zugleich, dass man sich um einen gewissen Reiz des Erlebens betrügt, wenn man sich nicht vor Antritt einer Urlaubsreise einige Wochen lang um die jeweilige Landessprache bemüht hat. Mein erster Versuch galt dem Dänischen vor einer Norwegenreise, mein zweiter Versuch dem modernen Hebräisch vor einer Reise nach Israel. Wenn die Schrift von unserer lateinischen Schreibweise abweicht, gibt es natürlich Probleme besonderer Art. Aber wenn die im Ulpan geschulte Lehrerin (wie mir geschehen) hauptsächlich aufs Sprechen Wert legt, gibt es perfekte elektronische Hilfsmittel. Ich bespreche also meine eigene Kassette mit dem neu Gelernten. Zunächst die Zahlen von eins bis zehn. Die schwungvolle Miriam gibt einen Kindervers zum Besten:

Achad, schtaim – Jeruschalaim (eins, zwei – Jerusalem)

Schalosch, arbah – Amerika (drei, vier – Amerika)

Chamesch, schesch – atá tipésch (fünf, sechs – du bist doof) ... und so weiter.

Ich höre diese Kassette, die auch noch andere Schätze enthält, einige Wochen lang täglich. Beim Kochen, beim Waschen, beim Bügeln, beim Putzen. Es bleibt nicht aus, dass unser neunjähriger Sohn sie ebenfalls hört.

Szenenwechsel. Wir sind umgezogen. Von Berlin in eine Universitätsstadt in England. Unser Sohn ist nunmehr dreizehn und erlebt wegen der vielen Umzüge der Eltern den dritten Kulturschock. An Stelle des Berliner Gymnasiums besucht er jetzt eine englische Gesamtschule und ist verletzbar. So etwas merken die kleinen und großen Draufgänger allerorten mit der Sicherheit ihres Instinkts für Schwächere, und das Piesacken beginnt. Der Piesackende ist in diesem Fall ein Junge aus Israel, dessen Eltern kurzfristige Lehraufträge an der Uni wahrnehmen.

Und dann geschieht eines Tages etwas Ungewöhnliches. Unserem friedfertigen Sohn platzt der Kragen. Mit der Kraft lange aufgestauter Entrüstung schleudert er dem Feind in einem passenden Augenblick ein markiges »atá tipésch« (Du bist doof!) ins Gesicht und kann seinen Augen nicht trauen, als er die Verwandlung in dessen Mienenspiel zur Kenntnis nimmt. Der wird ja gar nicht wütend, der scheint verblüfft, der grinst sogar und seine Stimme klingt respektvoll, als er erwidert: »Wow, that's my language. You know my language!« Übersetzt: »Das ist meine Sprache, du kennst meine Sprache!« Und so kommt es, dass ich heute meine kleine selbstgemachte Kassette mit freundlichen Gefühlen betrachte.

Annette Bygott

Wie ich sehen lernte

Im Alter von 64 Jahren geschah es. Am Abend konnte ich die Zeitung noch lesen. Am anderen Morgen war um mich herum alles fast dunkel. Das hat mich natürlich umgehauen. Ich habe mich dann auf einen Spaziergang gemacht. Aber nach kurzer Zeit musste ich wieder umkehren und fand mit Mühe den Eingang zu unserem Haus wieder. Von meiner Frau wurde ich aufgemuntert, ohne sie hätte ich diesen Schicksalschlag nicht so gut gemeistert.

Jetzt begann eine Zeit mit Lasern und einer Operation. Aber eine Besserung stellte sich nicht ein. Autofahren und andere lieb gewordene Gewohnheiten – Lesen und Basteln – waren vorbei. Meine Frau las mir jeden Morgen das Neueste aus der Zeitung vor. Ich hörte viele Radiosendungen. Mein Augenarzt verordnete mir einen weißen Stock und riet mir, diesen auf meinen Spaziergängen mitzunehmen. Die erste Zeit hatte ich große Hemmungen, mit diesem Hilfsmittel auf die Straße zu gehen. Nach einer weiteren Operation und dem Einsetzen einer künstlichen Linse besserte sich meine Sehkraft und ich konnte zu meiner Freude die Türklinke wieder sehen. Aber nach einiger Zeit war meine Sehstärke wieder bei vier Prozent angelangt. Nicht viel, aber besser als gar nichts, sagte ich mir.

Mittlerweile hatte ich meine Behinderung, ich sage niemals Krankheit, angenommen. Viel dazu beigetragen haben vor allem meine Frau und meine Kinder, die mich immer wieder aufgemuntert und gestärkt haben. Besonders beeindruckt bin ich auch von meinen Nachbarskindern, die ganz ungezwungen mit mir umgehen, mir immer helfen, wenn ich mal den Weg nicht richtig finde.

Ich beziehe jetzt aus der Blindenhörbücherei in regelmäßigen Abständen Hörbücher. Dann sagte mir der Augenarzt, dass es ein Lesegerät gibt, welches mir auch von der Krankenkasse genehmigt würde. Das gab mir Aufschwung. Ich konnte wieder mit Hilfe eines Bildschirms lesen! Ich kaufte mir viele neue Bücher, unter anderem »Schillers gesammelte Werke«, und hatte oft rote Augen, so viel habe ich gelesen. Mittlerweile gehe ich auch wieder in meine Werkstatt. Ich war in meinem ersten Beruf Schreiner. Ich nehme oft ein Brett oder ein anderes Holzteil in die Hand und befühle es, bevor ich es bearbeite. Auch in der Natur »sehe« ich alles viel intensiver. Ich fühle im Frühjahr die jungen Triebe an den Sträuchern und freue mich, ich sehe jetzt vieles positiver wie vor einigen Jahren.

Vor zwei Jahren lernte ich den Blinden- und Sehbehindertenverein kennen. Nach anfänglicher Scheu traf ich dort viele gleich behinderte Männer und Frauen. Wir haben innerhalb kürzester Zeit einen netten Bekannten-, ich würde sagen, Freundeskreis gewonnen. Die Behinderten sind alle sehr aufgeschlossen. Ich habe noch keinen getroffen, der mit seiner Behinderung hadert.

Durch Zufall habe ich auch eine Brieffreundschaft mit einer jungen blinden Frau aus der Slowakei begonnen. Wir schreiben uns in regelmäßigen Abständen. Neuerdings sprechen wir auch auf Kassette. Die Dame ist 26 Jahre und hat Germanistik studiert. Ist doch eine tolle Sache.

Ich habe mir schon einmal gedacht: Ohne meine Sehbehinderung hätte ich vieles in meinem Leben nicht gesehen, wäre mir vieles verschlossen geblieben.

Alois Ditz

Muckis Schrei

Brief an den lieben Gott:

Lieber Gott! Wahrscheinlich siehst du mich nicht. Ich bin klein und sitze hier unter dem Schneebeerenbusch neben der verschlossenen Gartentür. Eben war Fliegeralarm. Großmutter ist auf dem Fahrrad ins nächste Dorf gefahren, um Frieder von der Schule abzuholen. Ich bin alleine. Wo Mammi ist, weiß ich nicht. An Pappi kann ich mich nicht erinnern. Sie sagen, er ist im Krieg. Ich habe mir heimlich ein Blatt Papier und einen Bleistift in die Manteltasche gesteckt, damit ich dir meinen Geburtstagswunsch aufschreiben kann. Er muss unterwegs zu dir sein, bevor die beiden wieder da sind.

Ich wünsche mir so sehr, dass Großmutter nie wiederkommt. Du kannst dir nicht vorstellen, wie schlimm es ist, wenn sie mich verhaut. Sicher hattest du keine Zeit, in dem Augenblick auf die Erde zu schauen. Gestern habe ich heimlich Brotstückchen aus dem Hühnerfutter stibitzt. Wahrscheinlich war es richtig, dass sie mich deshalb geschlagen hat. Die Hühner brauchen ihr Fressen. Ich hatte aber auch Hunger. Nur, von mir bekommen wir keine Eier. Wahrscheinlich traust du dich auch nicht, ihr etwas zu verbieten. Aber bitte, bitte nimm mir in der nächsten Woche die graue Stofftasche ab, in die sie das Kaninchen steckt, das geschlachtet werden soll. Auf der schwarzen Dorfstraße muss ich es immer zu Frau Lukas tragen. Sie sagen, dass sie das Schlachten besonders gut kann. Auf dem Hinweg drücke ich es ganz dicht an mich. Es bewegt sich. Ist weich. Warm.

Wenn ich Frau Lukas die Tasche gegeben habe, schickt sie mich weg. Ich sause die Steintreppen runter, verstecke mich unter der

Terrasse. Spinnweben hängen da, es riecht modrig. Ich drücke mit den Zeigefingern ganz schnell auf meine Ohren. Dann höre ich nichts mehr. Am letzten Freitag ist der hohe Schrei von Mucki aber doch in meinen Kopf gekommen. Wenn ich die schwarze Straße zurückgehe, ist die Tasche viel schwerer. Nichts bewegt sich. Sie zieht meinen Arm fast bis zur Erde runter. Ich stolpere oft. Meine Beine sind steif. In meinem Hals sitzt ein Ungeheuer, das keine Luft mehr durchlassen will. Es tut so weh, nicht zu weinen. Aber ich darf es nicht. Wenn Großmutter es merkt, haut sie mich, damit ich einen Grund zum Heulen kriege. Wenn du mir die Tasche nicht abnehmen kannst, sag' mir bitte, ob es in unserm Wald das Haus mit den sieben Zwergen gibt. Dann könnte ich weglaufen und mich dort mit dem Häschen verstecken. Bitte, lieber Gott, hilf mir! Ich weiß, Kinder sind nicht wichtig. Kinder haben zu parieren. Kinder darf man nicht merken. Kinder dürfen nichts wollen. Aber vielleicht bist du anders. Dem Sterntalermädchen hast du auch geholfen.

Oh, Großmutter kommt auf der schwarzen Straße zurück! Meinen Brief werfe ich über den Zaun in den Bach. Du kannst ihn dir sicher rausfischen. Ich darf nämlich nur aus dem Garten gehen, wenn Großmutter dabei ist. Deine Dodo.

Dörthe Dorn

Zum letzten Mal auf Mutters Schoß

Evi hockt vor der Fensterscheibe und drückt ihre Nase dagegen, so dass sie ganz platt und kalt wird. Endlich hat es geschneit. Sie blickt den leise fallenden Flocken nach, wie sie langsam zur Erde sinken und beim Nachbarn gegenüber die braune Buchenhecke mit weißem Flaum bedecken.

Unter der dicker werdenden weißen Watte blinken die kleinen elektrischen Lichter in der Fichte im Vorgarten. Sie funkeln und strahlen wie Kristalle, nur wärmer, milder.

Immer dichter fallen die Flocken, färben die dunkle Straße weiß und decken allen Unrat zu mit einem weichen Mantel.

Ein Auto fährt vorüber, zerstört die weiße Unberührtheit und lässt zwei hässliche dunkle Spuren zurück.

Evi weint.

Tränen fallen auf das Fensterbrett. Die Nase läuft. Ihre Hände suchen die Spuren hinwegzuwischen. Vergeblich!

Heute war der letzte Schultag, der allerletzte.

Als sie heimkam, schälte sie Kartoffeln, das tat sie so gern. Heute zum letzten Mal.

Am Nachmittag war sie auf Michaels Geburtstag. Als sie wieder nach Hause kam, waren die Sachen schon gepackt.

Sie saß auf Mutters Schoß. Das letzte Mal. Sechs Jahre lang hatte sie jeden Tag darauf gesessen.

Mit dem Vater zusammen hatte die Mutter jeden Abend mit ihr gebetet, ein Abendlied gesungen, den Gutenachtkuss gegeben. Sechs Jahre lang.

Und ab heute nie mehr!

Die Mutter tritt ins dämmrige Zimmer. Sie drücken sich aneinander und weinen.

Der Schnee draußen hat die beiden hässlichen Spuren wieder zugeweht.

»Eigentlich schön«, denkt die Mutter. »Aber es ist so kalt da draußen. Es wird immer kälter. An der Laterne hängen schon kleine Eiszapfen. Und morgen ist Weihnachten, Heiliger Abend. Ohne Evi!«

Wieder rinnen die Tränen. Sie versucht sich abzulenken. Sie will es Evi nicht so schwer machen.

Da kommt wieder ein Auto. Die hässlichen Spuren enden vor dem Haus.

»Wir müssen jetzt hinuntergehen!« flüstert die Mutter.

»Nein!«, Evi schluchzt. Sie drückt sich an die Mutter.

»Ich will bei dir bleiben!«

»Komm! Deine Mutter wartet!«

»Du bist meine Mutter!«

Dann gehen die beiden doch hinunter.

Der Vater räumt die Sachen ins Auto. Er versucht sein Gesicht zu verbergen.

Evi ist jetzt ganz still. Sie schmiegt sich an die Mutter. Noch ein letztes Mal.

Dann greift eine Hand nach ihr, zieht sie ins Auto und schnallt sie fest.

Die Hände der Mutter sind leer.

Die Rücklichter des Autos entschwinden in der Dunkelheit.

Langsam gehen sie ins Haus zurück. Sechs Jahre lang waren sie Evis Mutter und Vater. Die Mutter drückt sich an die Brust ihres Mannes. Sie weinen.

Hans Engels

Einen Sommer lang

Vor einer Bank am Waldrand bleibt Konrad stehen. Sein graues Haar ist nass vom Regenschauer, der ihn auf einem Spaziergang mit seinem Hund überrascht hat. Die letzten Tropfen schüttelt er vom Mantel und zieht aus einem Beutel ein großes Taschentuch hervor, mit dem er auf der Bank einen Platz trockenreibt. Hier ruht er aus und lässt Erinnerungen zu.

Arco, ein Neufundländer mit mattschwarzem Fell, kennt die Bank, legt sich daneben und schaut seinen Herrn an.

Wie schön wäre es, wenn ich Marlene noch einmal in den Arm nehmen könnte, denkt Konrad. Vor einem Jahr saß sie noch hier neben mir. Unsere Zukunft war voller Hoffnung und Pläne. Und nun bin ich alleine. Verstohlen wischt er mit dem Handrücken ein paar Tränen fort.

Arco sieht ihn weiter aus tief sitzenden, dunkelbraunen Augen an und legt den Kopf auf Konrads Beine, der ihm über den Rücken streicht und langsam Frieden findet. So sitzt er da, malt Figuren in den Sand, stopft die Pfeife und bläst Kringel in die Luft, sieht den davoneilenden Wolken nach und schickt ihnen seine Wünsche und Träume hinterher.

Tief in Gedanken versunken, bemerkt Konrad den kleinen Waldbewohner nicht gleich. Aber der Hund hat ihn gesehen. Er sitzt kerzengerade und beobachtet die Sprünge des zotteligen Wesens, das aus großen Perlaugen zu ihnen herschaut.

»Nanu, wer bist du denn?« fragt Konrad leise, um das Tierchen nicht zu erschrecken. »Mal sehen, ob ich etwas für dich habe.« Er greift in die Hosentasche, bringt ein Stück trockenes Brot zum Vorschein und bricht es in zwei Teile. Blitzschnell springt das

Eichhörnchen dazu, schnappt nach dem angebotenen Leckerbissen und flitzt den nächsten Baumstamm hinauf. Arco will hinterherlaufen, doch Konrad hält ihn zurück. »Komm her, für dich habe ich auch ein Stück.« Schade, denkt Konrad, dass die schönen Augenblicke immer so schnell vergehen. Er steht auf, knöpft seinen Mantel zu und spaziert mit Arco an der Leine nach Hause.

Eine dichte Ligusterhecke trennt das Grundstück, auf dem sie leben, vom angrenzenden Wald. Arcos Lieblingsbeschäftigung ist Buddeln. So auch an diesem Tag. Während der Sand in hohem Bogen unter seinen Pfoten fortfliegt, hüpft etwas ins Loch. Erschrocken springt der Hund zurück, um aus sicherer Entfernung den Eindringling zu beäugen. Es ist ein kleines braunes Etwas, das ihm bekannt vorkommt, und er läuft freudig zu ihm hin. Das Eichhörnchen vom Waldspaziergang bleibt ruhig vor ihm sitzen und schaut ihn neugierig an. Er will es nach Hundemanier beschnuppern, aber das lässt es nicht zu. Schnell springt es auf den nächsten Baum und verschwindet wieder.

Jeden Tag, wenn Konrad mit Arco in den Wald geht, begegnet ihnen Zottel, so haben sie den kleinen Waldgeist genannt. Er wartet schon, läuft mit ihnen nach Hause und hält ganz still, wenn Arco ihn mit seiner Zunge beleckt. Der alte Mann hat seine Freude an dieser ungewöhnlichen Tierfreundschaft. Als Zottel auch nachts nicht mehr in den Wald will, sucht Konrad nach einem geeigneten Platz für den Gast. Von einem uralten Baum ragt ein dicker Zweig bis in seinen Garten hinein. Dort wird das Tierchen bleiben wollen, überlegt er und füllt ein morsches Astloch mit abgenagten Zweigen, Moos und Gras aus. Das Eichhörnchen springt neugierig ins gemachte Nest. Der Hundeplatz gefällt ihm jedoch besser. Neben den Nüssen von Konrad schmeckt ihm auch das Futter aus Arcos Napf sehr gut. So leben sie einen Sommer lang zusammen.

Bis zu dem Herbstmorgen, an dem Arco Zottel wie gewohnt ablecken will. Das Nachtlager ist leer. Arco schnuppert den ganzen Garten ab. Doch Zottel ist fort.

Konrad tut alles, um den Hund abzulenken. Sie machen weite Spaziergänge durch den Wald, in der Hoffnung, Zottel zu begegnen. Und immer wieder warten sie an ihrer Bank. Nun muss der Mann seinen Hund trösten, der immer stiller wird. Er liegt vor seiner Hundehütte und trauert der Sommerliebe nach oder sucht im Garten nach Zottels Spuren. Vergebens. Oft bleibt er vor dem Astloch stehen und sieht hinein. Zottel bleibt unsichtbar.

Inzwischen haben sich die Bäume herbstlich bunt gefärbt. Viele Blätter bedecken den Boden und verlocken Arco, sie in altgewohnter Weise aufzuwirbeln und mit ihnen zu spielen. Plötzlich hört er mitten im Spiel ein bekanntes Geräusch. Er springt zur Seite und zittert vor Freude, denn vor ihm sitzt Zottel, die ihren Nachwuchs mitgebracht hat. Stolz wedelt sie mit ihrem dicken buschigen Schwanz und führt Arco ihre Kinder vor. Drei muntere Wollknäuel hüpfen um sie herum. Arco sieht nur Zottel und will ihr Fell beschnuppern. Aber die alte Vertrautheit ist fort. Zottel flitzt mit ihren Jungen blitzschnell bis in die Baumspitzen und beobachtet von dort den Hund. Ein verdutzter Arco bleibt zurück. Als nichts mehr vom Eichhörnchen und seinen Jungen zu sehen ist, springt er wütend am Baumstamm hoch, knurrt und bellt in den schrillsten Tönen. Ungläubig schaut er immer wieder nach oben, legt sich vor den Baum und wartet geduldig voller Hoffnung auf Zottel. Konrad versucht ihn abzulenken, streicht ihm liebevoll übers Fell, bis Arco das Warten aufgibt.

Sein menschlicher Freund tröstet ihn: »Zottel ist nun mal ein Waldtier, das die Bäume liebt und gerne in den Ästen herumtollt. Du bist ein Hund, liebst deine Hütte und den Garten und gehörst zu mir.« Während Konrad noch mit dem Hund redet, dreht dieser sich um, rast wild durch das Laub, bellt und läuft heim. Konrad schüttelt ungläubig den Kopf. »Da glaube ich meinen Hund zu kennen«, murmelt er und folgt ihm nachdenklich. Arco liegt in seiner Hundehütte, kaut genüsslich an einem Knochen und begrüßt schwanzwedelnd seinen Herrn. Kurze Zeit später folgt er ihm ins Haus. Zwei Freunde schauen sich an.

Ludowika Eschrich

Mama Daktari

Ein alter Mann stand vor der Küchentür und wollte »Mama Daktari« sprechen.

Nachdem wir uns mit den gegenseitigen üblichen »Habaris« (habari: wie geht es ... den Kindern, dem Ehemann, dem Garten, der Arbeit und so weiter) begrüßt hatten, übergab er mir einen Blechteller. Darauf befand sich ein kleiner Reisberg aus rohen Körnern und oben auf seinem Gipfel thronte ein kleines Hühnerei, wie sie von den Hühnern am Nyassasee in Tansania nie größer gelegt werden. Das sei für mich! – Warum? Weshalb? ... Dumme Frage einer »mzungu«, einer Europäerin, dachte er wohl. Er bestand darauf, dass ich diese kostbare Gabe – das war sie gewiss für den alten Mann – annehmen sollte. Ich tat das und freute mich über solche echt afrikanische Spontaneität und Freundlichkeit. Wo schenkt in Europa, oder der übrigen ersten Welt, ein armer, alter Mensch etwas Lebensnotwendiges einfach weg an einen anderen, von dem er annehmen muss, dass der der Reichere sei? Meine Familie teilte meine Freude und Verwunderung.

Monate später wurde ich ins Hospital, dessen leitende Ärztin ich war, gerufen: Da sei ein technisches Problem mit einer eingewiesenen Diabetespatientin. Sie lag schon im Bett und neben ihr stand ihr alter Mann, der mich freudig begrüßte. Ich kannte die beiden nicht und das merkten sie. Der Mann sah mich vorwurfsvoll an. »Erinnerst du dich nicht an mich?Erinnerst du dich nicht an den Reis und das Ei?« Ja, das fiel mir gleich ein. »Na«, sagte er, »die wollen hier von mir Aufnahmegebühren!«

Pause. Jetzt begriff ich. Ich war seine Bank gewesen. Ich zahlte die Aufnahmegebühren und freute mich wieder über afrikanische

Schläue und Einfallsreichtum. Der Reis war kein Geschenk gewesen, er war eine Investition für zukünftige Engpässe. Und das hatte ja gut funktioniert.

Etwa zwei Jahre später geschah etwas Ähnliches. Wir hatten viele junge Afrikanerinnen als Schwesternhelferinnen im Hospital; die Anstelligen und Begabten schickten wir nach einer Probezeit zur Krankenpflegeausbildung weiter zu den Katholiken in Litembo jenseits der Livingstoneberge. Eine von ihnen, die gar nicht sonderlich glänzte in Einsatz und Arbeit, besuchte mich eines Spätnachmittags und brachte mir eine Kokosnuss. »Wir sind jetzt Freundinnen«, sagte sie zu mir mit entwaffnendem Lächeln. Sie war wohl zwanzig Jahre jünger als ich.

Da gab es kein Warum, Wieso auf diese Feststellung hin. Ich – nun gewitzt – eilte und holte eine Papaya, gelb und reif, aus dem Garten und gab sie ihr, auch mit einem entwaffnenden Lächeln. Wir waren quitt.

Ein paar Tage später brachte sie fünf Guaven, herrlich duftend, auf einem Bananenblatt. Als Geschenk. Ich gab ihr ein Stück Seife als Gegengabe, eine Kostbarkeit, damals jedenfalls.

Und so ging es weiter: Gabe um Gabe und Gegengabe um Gegengabe. Ich hatte immer schon etwas parat, wenn ich sie nachmittags den Grasweg zu unserem Hause heraufkommen sah. Aber eines Tages wollte sie selbst bestimmen, was sie für ihre Gabe haben müsse: ein Kleid. Ich hatte kein Kleid wegzugeben. Aber mit dem T-Shirt, das ich ihr anbot, war sie glücklich und zufrieden.

Nun sah ich voraus, wohin dieser Handel führen könnte und wie viele Freundinnen ich in Zukunft noch bekommen könnte, wenn ich mir nichts einfallen ließe. Ich musste etwas ersinnen, das den Handel beenden würde und das trotzdem fair und freundlich wäre.

Prompt kam sie wenig später und brachte zwei Mangos und wollte dafür »Schuhe«. Ich sagte ihr, die hätte ich nicht wegzugeben, ich brauchte sie selber. Aber ich hätte etwas für sie, was länger hielte als Schuhe: etwas, das ein ganzes Leben lang von Nutzen sei. Ja, das wollte sie gern haben, sagte sie erwartungsvoll. »Ich lehre dich Englisch sprechen und schreiben«, sagte ich. Sie guckte verdutzt. »Wir fangen gleich an: Hier ist ein Heft, ein Bleistift und Aufgaben für die nächste Stunde!« Wir setzten uns auf die Veranda und hatten die erste Unterrichtsstunde.

Sie kam nie wieder, aber wir blieben trotzdem »entfernte Freundinnen« – und neue kamen auch nicht hinzu.

Gisela Friede

Robin-Hut

Damals war es Mode, dass junge Männer ihre Häupter mit einem der so genannten Robin-Hüte bedeckten, mit schmaler Krempe vorn herunter- und hinten hochgeknickt, manchmal auch mit einer Feder geschmückt. Diese Hüte machten einen durchaus kessen Eindruck, doch die Modewelle war fast schon vorbei, als meine Mutter mich fragte: »Herbert, was wünschst du dir eigentlich zum Geburtstag?«

Ich antwortete spontan: »Einen weißen Robin-Hut!«

Am nächsten Tag trafen wir drei, meine Mutter, meine Schwester Irmgard und ich, uns in Düsseldorf, um in einem der dortigen Spezialgeschäfte oder Kaufhäuser diesen Hut zu erstehen.

In den ersten beiden Läden schaute man uns fassungslos an und antwortete leicht vorwurfsvoll: »Aber das trägt man doch heute nicht mehr!« Beim dritten Versuch aber hatten wir Glück. Der Verkäufer kam mit einem Exemplar aus der hinteren Ecke zurück, das tatsächlich fast wie ein Robin-Hut aussah.

Es hatte nur drei Fehler:

Erstens war die Krempe viel zu breit.

Zweitens war der Hut nicht weiß, sondern eselgrau.

Drittens war er mir zwei Nummern zu groß.

Der Verkäufer, einer von der geschickteren Sorte, gab nicht auf: »Wenn Sie damit einmal durch den Regen gehen, läuft er ein und passt Ihnen wie angegossen. Und damit er Ihnen bis dahin nicht auf den Ohren hängt, lege ich einen Korkstreifen ein.«

Skeptisch verließen wir ohne Hut das Lokal.

Einige Versuche weiter schienen wir endlich Glück zu haben. Der Verkäufer kam stolz mit einem wirklichen Robin-Hut an, dazu noch weiß. Freudig probierte ich ihn auf. Ich war leicht enttäuscht: »Er sitzt mir ein bisschen stramm auf dem Kopf. Ich fürchte, wenn ich ihn länger aufbehalte, bekomme ich Kopfschmerzen.«

Der Mann wusste Rat: »Das ist überhaupt kein Problem. Wenn Sie ihn fest auf den Kopf drücken und immer wieder tragen, dann weitet er sich schon entsprechend.«

Uns erschien auch diese Aussicht zweifelhaft und wir suchten weiter.

In einem Kaufhaus fanden wir dann endlich einen echten Robin-Hut, der, oh Wunder, ganz genau passte. Größe 56!

Meine Mutter wollte gerade bezahlen, da stieg ein heimtückischer Verdacht in mir auf: »Sagen Sie mal! Der Hut passt mir wie maßgeschneidert. Ich habe aber gehört, dass selbst die teuersten Hüte einlaufen, wenn sie im Regen nass werden. Dann ist er mir doch wieder zu eng!«

Dem Verkäufer verschlug es die Sprache. Er schaute mich entsetzt an. Dann schien er sich gefangen zu haben: »Ja, ja ..., ja, doch, das stimmt. Wenn der Hut nass wird, dann, dann ... läuft er ein. Aber, wenn Sie ihn fest auf den Kopf drücken und ständig tragen, dann weitet er sich ja auch wieder!«

Weiter kam er nicht. Wie auf Kommando brachen wir alle drei in schallendes Gelächter aus und trollten uns hinaus.

Kopfschüttelnd schaute der ratlose Verkäufer hinter uns her: »Leute gibt's!«

Herbert Friedrich

Napoleon in der Todeszelle

»Welcome to TEXAS! Lone-Star-State«, verkündet die Laufschrift auf dem Flughafen von Houston.

Den großen Fragebogen der US-Sicherheitsbehörde haben wir ausgefüllt und alle 33 Fragen beantwortet, z. B.: »Sind Sie homosexuell oder geisteskrank? Wollen Sie in den USA betteln oder Polygamie betreiben? Sind Sie Anarchist?« usw.

Der Immigration Officer ist von unserer Harmlosigkeit überzeugt und weist uns an, der grünen Bodenmarkierung zu folgen, die zum Ausgang führt. Prima! Für Leute aus »Schurkenstaaten« ist die »rote Bodenmarkierung« vorgesehen.

Vier Tage später.

Die Hitze bei hoher Luftfeuchtigkeit ist fast unerträglich. Heute, Montag, fahren wir auf dem Highway 45 nordwärts Richtung Dallas.

Die flache, baumlose Landschaft: öde, grau, anämisch. Einziger Farbtupfer entlang der Autobahn sind die Reklametafeln der Fast-Food-Konzerne und Bibelsprüche der Kirchen. Und immer wieder: »God 1st«, »God can handle all problems«.

Die Dame im Touristenbüro von Huntsville, unserem Zielort, preist wortgewaltig die »Prison tour« (Knast) an und freudig zeigt sie uns auf dem Stadtplan das »death house« (Todeshaus, wo Hinrichtungen stattfinden). »Das müssen Sie unbedingt besuchen. Im Vorjahr wurde Karla Tucker hingerichtet und vor Jahrzehnten Bonnie and Clyde«, verkündet sie stolz.

Angewidert verlassen wir rasch den Shop – und fahren am nächsten Morgen in den riesigen Gefangenenkomplex von Texas. Genauer: in das Staatsgefängnis von Huntsville, »Ellis I« – in den berüchtigten Todestrakt.

Nach mehreren Kontrollen und Passieren von Gitterkontaktschleusen werden wir in den Besucherraum »geführt«, mitten im Todestrakt. 45 Gitterkäfige, nahtlos nebeneinander, hoch und eng, auf einem schmutzig-grauen Boden. Für den Blickkontakt: eine schmale Plexiglasscheibe in Brusthöhe.

Ich sitze auf einem Stuhl, Marke Sperrmüll, vor dem Gitterkäfig Nr. 23. Sohn Volker neben mir. Nach Anweisung lege ich meine Hände auf die Oberschenkel und darf keine seitlichen Bewegungen machen.

Ich warte auf einen Todeshäftling, den ich noch nie gesehen habe, auf meinen Brieffreund Napoleon B., 23 Jahre jung (seit seinem 17. Lebensjahr hier), Poet und junger Sportler. Er ist Schwarzer, natürlich, sonst säße er ja nicht hier drin. Napoleon ist nicht einmal vorbestraft.

Ich bin unruhig, fast nervös. Wann kommt er endlich? Und wie beginnen wir das Gespräch – das Gespräch zwischen Gittern. Eine Situation, die ich noch nie erlebt habe. Ein Gespräch, das weiß ich genau, auf das er sich freut, »mein Napoleon«.

Es ist acht Uhr und sieben Minuten: Todeshäftling Napoleon wird in Fußketten in den Gitterkäfig geführt. Er muss sich umdrehen und von außen, durch einen Schlitz, werden die Handschellen gelöst. Das Gitter wird geschlossen.

Napoleon: ein athletischer Bursche mit Oberlippenbärtchen und einer freundlichen, nicht resignativen Ausstrahlung.

Wir unterhalten uns über Texas, philosophieren über Einsamkeit und Lebensinhalt und Hoffnung, diskutieren das Ergebnis seiner Football-Mannschaft »Dallas Cowboys« – und dazwischen ... dieses brutale Gitter, das nur einen schmalen Blickkontakt erlaubt.

Dann bricht es aus ihm heraus: Er beklagt die totale Isolation und die enorme Hitze in seiner Todeszelle (Jeder Kuhstall in Texas hat eine Klimaanlage), »... ich ziehe mein T-Shirt aus, halte es unter den Wasserhahn und ziehe es klatschnass an, nur so kann man hier überleben, und manchmal möchte ich einfach mit dem Kopf gegen die Wand rennen.« Napoleon erzählt dann von der Liebe seiner Eltern zu ihm ... und schweigt plötzlich.

Nebenan betet eine Mutter mit ihrem Sohn, einem Todeshäftling, der übermorgen hingerichtet werden wird. Auch Napoleon betet. Sein Kopf ist geneigt. Seine Hände hält er vors Gesicht.

In mir brodelt es: Am liebsten würde ich das trennende Gitter einschlagen und ihn umarmen, nichts sagen, kein einziges Wort, nur in die Arme nehmen. Napoleon wischt mit der Hand über seine Augen und sagt nur: »Sorry«. Es freut ihn besonders, dass wir seine Eltern heute noch besuchen werden, um mit ihnen über ein weiteres Vorgehen zur Verhinderung seiner Exekution zu sprechen. Die Besuchszeit ist zu Ende.

Der Schließer kommt.

Am Gitterkäfig klickt's.

Good bye, Artur und Volker

Good bye, Napoleon, and »we hope!«

Napoleon werden wieder Handschellen angelegt und er wird, ohne die Möglichkeit eines weiteren Blickes zurück, abgeführt.

Das Klirren der schweren Fußketten wird immer schwächer ..., nun ist es ganz still geworden hinter dem Gitterkäfig.

Auf dem Weg zu seinen Eltern fahren wir an einer Schweinefarm vorbei. Volker, am Steuer: »... die dort, die haben es besser als Napoleon ...«

Artur K. Führer

Der Ampelknopf

Arm in Arm stehe ich mit meiner großen 14-jährigen Tochter an der roten Fußgängerampel. Meine Rückenschmerzen nehmen allmählich überhand. Seit einer missglückten Bandscheibenoperation vor 13 Jahren kann ich keine zwei Minuten mehr stehen und muss mit ständigen Schmerzen leben. Ein Blick meiner Tochter auf mich genügt. Sie drückt zum wiederholten Mal kräftig auf den Knopf der Ampel, als ob sie durch die Intensität ihres Drückens die Rotphase verkürzen könnte. Ich beobachte sie, und eine Erinnerung geht mir durch den Kopf:

Unsere Tochter war dreieinhalb und gerade in den Kindergarten gekommen. Für sie war es unheimlich schön, den Ampelknopf zu betätigen und voll Spannung abzuwarten, bis die Ampel auf »Grün« übersprang. Das Dilemma war nur, dass die Kinder einfach zu klein waren und hochgehoben werden mussten, um den Knopf zu erreichen. Das war auch bei unserer Tochter das Problem. Meistens fand ich eine Mutter oder einen fremden Passanten, den ich bitten konnte, meine Tochter kurz hochzuheben, damit sie an den Ampelknopf kam. Ich selbst war durch meine Schwerbehinderung nicht in der Lage dazu.

Doch einmal war weit und breit niemand zu sehen, den ich um diesen kleinen Gefallen bitten konnte. Vertrauensvoll lief unsere Tochter schon voraus, voller Vorfreude auf das »Ampelknopfdrücken«. Doch auch sie sah, dass da niemand war, den wir fragen konnten. Immer wieder sprang sie vergeblich in die Höhe, um doch noch den Knopf zu erreichen, aber vergeblich – sie war zu klein. Resigniert hörte sie mit ihrem Springen und Hüpfen auf und kam zu mir zurück. Allein schon an ihrem Gang konnte ich erkennen, wie enttäuscht sie war. Langsam trottete sie auf mich zu, schlang ihre Ärmchen um meine Beine, sah zu mir hoch und meinte: »Mama, sei nicht traurig, ich wachse ja noch!«

Die Ampel zeigt grün.

Meine Tochter und ich lächeln uns in gleicher Augenhöhe an und überqueren die Straße.

Beatrix Gabriel

Meine persönliche Auferstehung

Es war ein Tag, an dem sich Himmel und Erde berührten. In meiner Erinnerung war ich zunächst mit Marianne allein, vielmehr Marianne mit mir, denn sie hatte mich in Bewegung gebracht. »Die Stasi will unsere Akten fortbringen!«

Wir klopften mutig-ängstlich an das große Eisentor. Wir wurden freundlich begrüßt: »Alles in Ordnung! Wir halten uns an die Gesetze; kein Grund für irgendwelchen Verdacht!« Ich war bereit, mich schnell beschwichtigen zu lassen und schämte mich fast für solch eine Unterstellung. Aber Marianne ließ sich nicht täuschen und blieb misstrauisch. »Wir blockieren das Tor und rufen unsere Freunde zur Verstärkung. Wir dürfen hier nicht mehr weggehen!«

Hunderte kamen, einer benachrichtigte den andern und wir waren genug, um uns den Zugang zu allen Räumen zu erzwingen.

Die meisten, auch ich, blieben draußen, eine kleine Gruppe ging durch die Häuser, versuchte, sich einen Überblick zu verschaffen, stellte Fragen, und am Ende war klar: »Ab jetzt bestimmen wir.«

Ich stand lange wartend und frierend draußen und hatte plötzlich eine Vision. Eben noch zögerlich, unentschlossen und jeder Beschwichtigung zugänglich, sah ich:

Das Tor der Knechtschaft war zerbrochen. Auf dem Turm flatterte die Fahne des Sieges.

Ich sah die Frauen und Männer des Bauernkriegs, ich sah die Frauen und Männer der Französischen Revolution, ich sah die Frauen und Männer gegen Pinochet und viele andere.

Ich durfte erleben, wonach sie sich gesehnt hatten. Ich durfte die Siegesstunde feiern, die sie oft nicht erleben konnten. Meine Seele war im »siebenten Himmel«, ich ergriff die Sprechtüte und stimmte mit einem bisher nicht gekannten Glücksgefühl an: So ein Tag, so wunderschön wie heute ..! Hunderte sangen glücklich mit.

So lange ich bewusst denken kann, habe ich versucht, »Gott« zu begreifen und habe mich an Worten wie »Auferstehung« gerieben. Mit einem tiefen Glück empfinde ich: Für mich waren die Tore der Hölle zerbrochen und das Himmelstor war aufgetan ... Ich habe für mich Auferstehung erlebt ...

Mein Leben hat sich gelohnt.

Christian Gehlsen

Eine schöne Geschichte

Es war im Frühjahr 1952. Wir lebten damals als Flüchtlinge aus Westpreußen in der Nähe von Bremen, wo ich ein Mädchengymnasium besuchte.

Das Abitur und danach eine Berufsausbildung standen bevor. Ich wollte gern mit Kindern arbeiten und wäre am liebsten Kindergärtnerin geworden. Aber die Ausbildung kostete Geld, das meine Eltern nicht aufbringen konnten.

Nur das Studium an der Pädagogischen Hochschule war frei. Bedingung war allerdings, dass man gute Noten in den Hauptfächern vorweisen konnte. In Deutsch und Mathematik gab es keine Probleme, aber ob ich in Englisch ein »Gut« schaffen würde, erschien mir recht unwahrscheinlich.

Je näher die Abschlussprüfungen rückten, desto mehr wurde mir bewusst, wie lückenhaft mein Englisch-Wortschatz war. Ich nutzte nun jede freie Minute zum Vokabelnlernen, besonders die Zeit, die ich täglich als Fahrschülerin im Zug verbringen musste.

So saß ich auch am Tag vor der schriftlichen Englischprüfung mit meinem Vokabelheft in der Hand im Zugabteil und »paukte«. Da riss mir eine jüngere Mitfahrschülerin das Heft aus der Hand mit den Worten: »Du machst dich ganz verrückt! Was du heute noch nicht weißt, kannst du morgen auch nicht! Hier, lies mal diese schöne Geschichte!« Damit drückte sie mir ein Reader's-Digest-Heft in die Hand. Welche Wohltat war es, nach der ewigen Paukerei etwas Schönes zu lesen. Dann kam der Prüfungsmorgen. Unsere Englischlehrerin öffnete den Umschlag mit der Abituraufgabe vom Schulamt. Wir sollten eine Nacherzählung schreiben. Als sie mit dem Vorlesen begann, blieb mir der Mund offen stehen: Es war die gleiche Geschichte, die ich im Zug gelesen hatte!

Wir durften uns Notizen machen, und da ich ja den Inhalt kannte, konnte ich mir viele Worte und Redewendungen aufschreiben. Noch nie war mir eine so gute Nacherzählung gelungen, und ich konnte dadurch meine Englisch-Note verbessern.

Damit war die Hürde für das Studium an der Pädagogischen Hochschule geschafft. Ich wurde Lehrerin, und bis zur Pensionierung machte mir die Arbeit mit den Kindern ganz große Freude; ich konnte mir keinen schöneren Beruf für mich vorstellen.

Irene Georgi

Das Gebet der Amsel

Es war der letzte Abend im Marienkrankenhaus in Hamburg, der sechste Tag nach meiner Darmoperation.

Ich lag auf dem Bett und guckte aus dem Fenster. Meine Bettnachbarin war bereits nach Hause entlassen. Ich war allein im Zimmer.

Durch das Balkonfenster sah ich jenseits des Gartens auf dem Dach der Kapelle eine Amsel sitzen. Sie erschien mir winzig klein. Doch sie schmetterte ihr Lied in den Abend hinein. Die Sonne war untergegangen, der Himmel war noch hell.

Wie kann ein so kleines Lebewesen so laut, so durchdringend singen?

Es war betörend schön!

Ich musste immer wieder hinhören, immer wieder hinsehen!

Schließlich antwortete ich auf den Gesang der Amsel:

»Ich danke dir, du kleines Wesen, dass du mir so viel Freude machst!

Ich danke euch Schwestern und Pflegern, die ihr in dieser Woche um mich und für mich da wart!

Ich danke euch Ärzten, die ihr mich geheilt habt!

Ich danke dir, oh du mein Gott!«

Mechthild Gersdorf-Wessig

Erst verlobt und dann verliebt

In den 70er-Jahren des vorigen Jahrhunderts besaß ich eine kleine Wohnung in Berlin Mitte. Das war damals ein Wunder, nach dem Studium in Berlin bleiben zu dürfen und dort auch noch ein Zuhause zu haben. Die Wohnung lag nahe der Mauer, und deshalb waren Sondergenehmigungen erforderlich. Endlich konnte ich einziehen und mich eintragen ins Hausbuch, zu DDR-Zeiten unabdingbar und ein wichtiger Umstand für meine Erzählung. Nach einiger Zeit fand ich in Potsdam eine für mich interessante Arbeitsstelle. An tägliches Fahren wie heutzutage war damals nicht zu denken. Wir »reisten« über den Außenring, südlich um den Westen herum von Berlin nach Potsdam. Also bezog ich in Potsdam eine kleine Dienstwohnung. Wieder ein Wunder! Seitdem lag mir ein Studienfreund in den Ohren, sein kleiner Bruder begänne in Berlin zu studieren, Studentenwohnheim käme für ihn nicht in Frage, meine Berliner Wohnung wäre genau richtig. Ich ließ mich erweichen, ich hatte nur Sorge, der neue Bewohner könnte in studentischer Unbekümmertheit seinen Pflichten im Hause nicht ordentlich nachkommen. Der große Bruder versprach mir hoch und heilig, es würde alles seinen geordneten Gang gehen – also zog der »Kleine« in meine Berliner Wohnung. Die einzige Schwierigkeit: das Hausbuch. Offiziell war für einen »Fremden« nichts zu machen im grenznahen Raum, also erklärte ich ihn kurzerhand zu meinem Verlobten, und er durfte sich eintragen. So kam es, dass wir zuerst verlobt waren, ehe wir uns verliebten.

Eleonore Gerstengarbe

Oh, danke schön

Am zweiten Pfingstfeiertag vergangenen Jahres nahm ich mit meiner Freundin an einem evangelischen Gottesdienst in der Marienkirche Berlin teil.

Der Prediger auf der erhöhten Kanzel hatte seine Verkündigung beendet und sagte zum Abschluss: »Wir feiern heute gemeinsam das Abendmahl und jeder, der guten Willens ist«, oder so ähnlich drückte sich der Prediger aus, »ist dazu herzlich eingeladen.«

Aus dem hinteren Teil der Kirche sagte eine Stimme laut und deutlich: »Oh, danke schön!«

Und dann kamen von hinten durchs ganze Kirchenschiff hindurch, es waren viele Menschen anwesend, ein Mann und eine Frau. Sie trugen eine gefüllte Plastiktüte bei sich, waren einfach, nicht festtäglich gekleidet und hatten entsprechend heruntergetretene Schuhe an den Füßen. Zwei Menschen von der Straße. Sie stellten sich in den großen Kreis der Gläubigen im Altarraum und der Pastor reichte ihnen das Brot. Mit dem Weinkelch ging er an ihnen vorüber. Drei Schritte, dann kehrte der Pastor um und trat zu den Zweien zurück. Es folgte ein kurzes Gespräch, dann tranken die Frau und der Mann aus dem Kelch.

Als sie nach dem Schlussgebet wieder nach hinten gingen, strahlten ihre Gesichter, und urplötzlich durchfuhr es mich: Hier war heute Jesus anwesend, und mein Herz freute sich, dass ich dabei sein durfte, und ich dankte Gott.

Wenn ich heute immer wieder erlebe, dass die katholische Kirche es nicht schafft, mit allen Menschen das Brot des Lebens zu teilen, wie Jesus es eigentlich wollte und will, bin ich traurig. Die Begegnung in der Marienkirche aber tröstet mich und lässt mich hoffen.

Ursula Glatzel

Ersatzbefriedigung

Letztes Jahr hatte ich für eine Woche eine Ferienwohnung in einem kleinen Ort im Spessart gemietet. Am frühen Nachmittag kam ich dort an und stellte mein Auto auf dem Abstellplatz in der Nähe des Hauseingangs ab. Nachdem ich meinen Koffer ausgepackt und einen Erfrischungstrunk auf dem Balkon zu mir genommen hatte, machte ich mich auf, zu Fuß die nähere Umgebung meines neuen Urlaubsortes zu erkunden.

Als ich wieder zurückkam, entdeckte ich durch Zufall, dass der Boden unter meinem Auto stellenweise nass war. Es hatte aber nicht geregnet, und so ging ich forschend und beunruhigt, ob es sich da vielleicht um ein Leck handeln könnte, mehrmals um mein Auto herum. Dies beobachtete der Hausherr, der auf einer Bank in der Nähe saß, und sagte schmunzelnd:

»Gell, Sie wundern sich, dass es unter Ihrem Auto nass ist. Ich habe mir erlaubt, während Ihrer Abwesenheit die Scheiben zu waschen. Dies ist nämlich das Auto meiner Träume, aber wegen meiner Frau kann ich es mir nicht kaufen. So habe ich mir wenigstens genehmigt, an Ihrem Auto die Scheiben zu waschen!«

Hiltrud Gölzer

Der alte Mann und sein Dorf

»... ich bin dann hier geblieben und habe 1946 geheiratet. In diesem kleinen Haus wohne ich mit meiner Frau. Mein Leben ist ein gutes gewesen, es hat mir alles gegeben ...«

Der alte Mann hatte nicht lange gebraucht, um seine Geschichte zu erzählen. Nach seiner Kriegsgefangenschaft war er aus Frankreich nicht nach Deutschland zurückgekehrt und hatte ohne berufliche Ausbildung jahrzehntelang in der Landwirtschaft mitgearbeitet. Wir hören zu. Unser Blick schweift über die Dächer des etwas verfallenen Dorfes; die weiten Felder der lothringischen Provinz. In der Ferne winkt ein Kirchturm. Und dann kommt noch ein Seufzer: »Ich wünsche mir einmal im Leben einen guten, teuren Anzug!«

Aufgemacht hatten wir uns, Reinhard und ich, zwei junge Menschen zwischen Ausbildung und Beruf. Auf die uralten Erfahrungen europäischer Pilger wollten wir uns einschwingen: 600 Kilometer Fußweg von Trier nach Taizé. Aber es sind nicht die uralten Träume, die unser Herz bewegen; es sind die harten Herausforderungen des täglichen Weges, die uns beschäftigen. Die müden, wunden Füße, das schwere Gepäck, der Durst, bei langen Strecken bisweilen auch der Hunger. Gefühle von Heimatlosigkeit und Fragen nach dem Sinn einer solchen Kasteiung machen das Ganze nicht einfacher. Loslassen und Leerwerden sind zwei wunderschöne Hauptwörter christlicher Bußübungen, im Ernstfall bedeuten sie zunächst einfach nur Härte. Erst danach erschließen sich neue Erfahrungen: das Schweigen des Abends nach einem langen Tag unterwegs; die Kraft der Regelmäßigkeit meiner Schritte; die Tasse Kaffee, die bei einer Rast mitten in einem Dorf plötzlich neben uns steht; die erstaunten Augen der Franzosen begleiten uns wohlwollend; ein schlichter, aber schöner Dorfgottesdienst läutet den Sonntag ein.

Und dann der alte Mann. Die Sehnsucht nach einem schönen Anzug, fast kindlich naiv. Merkwürdigerweise wirkt sie nicht widersprüchlich zu seiner gelassenen Zufriedenheit: »Das Leben hat mir alles gegeben.«

Wir schultern unsere Rucksäcke. Waren es die leuchtenden Augen des alten Mannes, die uns einige Minuten gefesselt haben? Oder rührt dieser alte Mann mit seiner Geschichte an unsere eigenen Sehnsüchte?

Unser Blick weitet sich wieder, als wir das Dorf verlassen. Insgesamt vier Kirchtürme sind nun allseits hinter den sanften lothringischen Hügeln zu erkennen. Ihre Verbindungslinien scheinen auf einen Fluchtpunkt zuzulaufen: »... ich bin dann hier geblieben!«

Bernhard Grafe

Mit links

An einem warmen Augusttag vor 60 Jahren machen wir 39 Schülerinnen der Klasse 3d mit unserer Lehrerin, Fräulein Sander, und zwei Schülerinnen der achten Klasse unseren ersten Ausflug. Wir müssen tüchtig wandern und dürfen zum Abschluss einen steilen Hang hochklettern. Oben angekommen, finden wir eine Rutsche, die uns mit Schwung wieder nach unten befördert.

Abschließend spielen wir »Abbacken«. Drei von uns werden vom Ball nicht erwischt. Unter ihnen bin auch ich. Am Nachmittag werde ich alles der Mutter brühwarm erzählen.

»Was war denn das Schönste heute, Helga?«, fragt die Mutter beim Essen. »Dass wir nichts aufgekriegt haben.« Die Mutter versteht mich; ich bin Linkshänderin, darf aber nur mit der rechten Hand schreiben. Oft tut mir der ganze rechte Arm weh, obwohl ich meistens als Letzte fertig bin.

Am Dienstag wird in der Schule lebhaft vom Wandertag erzählt. Ich bin rege dabei, erschrecke aber, als Fräulein Sander sagt: »Zu morgen schreibt ihr auf, was euch am besten gefallen hat.« Ich verschweige zu Hause diese Aufgabe und werde von der Mutter gebeten, ihr im Garten zu helfen. »Du kannst alles mit links machen, meine Große. Ist das nicht ein Angebot?« Gartenarbeit ist viel besser als Schreiben, aber ich bleibe zu Hause, sitze müde an Mutters Nähtisch und stopfe – mit links – einige Strümpfe. Am späten Nachmittag verziehe ich mich mit Kopfschmerzen und Frösteln ins Bett.

In der ersten Schulstunde des nächsten Tages wird – wie immer – viel gesungen. »Und nun freue ich mich auf das, was ihr über unseren Ausflug geschrieben habt. Helga, fang' du mal an.«

Ich hole mein Heft, in dem nichts steht, schlage es auf und berichte, ohne zu stocken, über das Klettern und Rutschen – zeige weder Angst noch Scham. Als ich fertig bin, sagt Fräulein Sander: »Ich möchte wissen, ob du auch gut geschrieben hast. Zeig' mir dein Heft.« Ich gehe ruhig nach vorn und übergebe der Lehrerin mein Heft. Fräulein Sander blättert suchend darin, während ich wie gebannt zu ihr hinstarre. Schließlich sagt sie: »Ich werde heute deine Eltern besuchen.«

Nachmittags liege ich im Bett und fühle mich elend, obwohl alle freundlich sind. Die Mutter kommt: »Fräulein Sander war eben hier. Sie war nicht ärgerlich, aber du darfst so etwas nicht wieder tun. Gib mir deine Hand darauf.« Ich gebe der Mutter beide Hände, bin glücklich, weil ich verstanden werde – aber es beginnt, sich alles um mich herum zu drehen. »Du hast Fieber, zeig mal deine Zunge. Oh, wir brauchen einen Arzt.« Abends werde ich untersucht. Der Arzt nimmt eine Urinprobe mit. Ich habe eine Nierenentzündung.

Auch als ich längst wieder gesund bin, bleibt für mich eine Verbindung zwischen meiner Unehrlichkeit, dem großmütigen Verhalten der Lehrerin und der dreiwöchigen Krankheit bestehen. Aber ich spreche mit niemandem darüber. Ich erinnere mich jedoch, dass mein rechter Arm beim Schreiben weniger schmerzte, als ich wieder gesund war.

Bis zum heutigen Tag mache ich alles, was Kraft und Geschicklichkeit erfordert, mit links. Aber ich schreibe mit rechts.

Heinke Hadler-Fesenfeld

Mein wilder Mann

Pepi, mein wilder Freund aus der alten Heimat, wollte mich heiraten. Er sprach diesen Wunsch ohne Mühe einfach aus, ich mit meinen fünf Jahren fühlte mich geschmeichelt und konnte mich von dieser Idee begeistern, lag doch etwas Ungewöhnliches und Verwegenes darin.

Nach meiner Vorstellung sollten wir uns dazu schön machen, unser Sonntagsgewand anziehen, und er wollte seine allerneuesten »Knickerbocker« einweihen.

Als Hochzeitskutsche sollte mein Rodler dienen, denn es war Winter und er wollte mich als seine Braut damit in die Kirche ziehen.

Irgendwie schafften wir die Vorbereitungen, ohne auffällig zu werden, und so ging die Fahrt in Richtung Stadt und Pfarrkirche los.

Bald rief uns jemand aus der Nachbarschaft zu : »Kehrt bloß um, sonst sag' ich es euren Eltern, und ihr bekommt Dresche.«

Das klang für uns so eindeutig bedrohlich, dass wir auf der Stelle kehrtmachten und es uns beiden wie zufällig in den Sinn kam, dass unser Wunsch zu heiraten ja bereits die Hochzeit war. Für dieses unerwartete Hindernis konnten wir nichts und unsere Ernsthaftigkeit wurde dadurch nicht gestört.

Pepi, mein wilder Mann, hatte auch sofort die Reihenfolge des Geschehens im Auge. So wusste er, dass wir nun nach der Hochzeit Ehebetten brauchten. Seine Fantasie beeindruckte mich, und ich überließ mich ganz seiner Vorstellung. Er machte mir verständlich, dass wir jetzt außerhalb des Dorfes zu einem sonnigen schneebedeckten Feld am Hang fahren und uns dort niederlassen. Mein schönes geblümtes Kopftuch wäre gerade die richtige

Unterlage für unser Ehebett. Ich nahm alles völlig widerspruchslos hin und fühlte mich geradezu feierlich berührt. Wir legten uns also wie verabredet auf das ausgebreitete Kopftuch und versanken darin wie in weißen riesigen Daunenbetten. Unberührter tiefer Schnee umgab uns. Für Pepi und mich war damit die Hochzeit vollzogen, und wir fühlten uns in unseren kindlichen Herzen wie Mann und Frau.

Franziska Halbinger

Tierisch menschlich

»Ach, lieber Gott, ich hätte so gerne ein Tier« – mit diesem Stoßgebet begannen meine Erlebnisse mit Katzen. Mein Gebet wurde nämlich überraschend schnell erhört, denn der Wegzug von Nachbarn ermöglichte mir die Adoption von Kater Maximilian und Wildkater Oldie. Oldie starb bald darauf und machte mit seinem Tod den Weg frei für ein winziges schwarzes Wildkätzchen, das ich inmitten eines strengen Winters, nur wenige Wochen alt, auf meiner Terrasse fand. Ich taufte das winzige kleine Ding Noiree und durfte in der Folge Zeugin einer tiefen Freundschaft werden, die sich zwischen meinem schon etwas älteren und behäbigen Kater Maximilian und eben jener Noiree entwickelte.

Das Katzenkind hatte große Angst vor Menschen, aber von Maximilian war es sofort begeistert. Maximilian verhielt sich zunächst eher abwartend distanziert, doch mit der Zeit gewann auch er das kleine Kätzchen lieb. Schließlich war er sogar bereit, es mit in seine Wohnung einzuladen. Er zeigte Noiree, wie man die Katzentüre bediente, und fortan sah man die beiden Katzen nur noch zusammen. Noiree weigerte sich, aus einem eigenen Napf zu fressen, sie wollte alles mit dem Kater teilen, auch das Fressen. Das Katzenkind folgte dem großen Kater auf Schritt und Tritt und kuschelte sich beim Schlafen eng an ihn. Maximilian war manchmal fast ein wenig genervt, doch der Charme des Katzenkindes bezauberte ihn. Noiree übte an Maximilian den Hoch- und Weitsprung, die beiden jagten sich spielerisch, tatzelten richtiggehend miteinander, verbrachten jede freie Minute zusammen.

Dann geschah das Unglück: Ich bemerkte auf einmal, dass Noiree, das immer dünne Kätzchen, runder wurde. Leider hatte sie kein Fett angesetzt, sondern sie war trächtig – eine Kindmutter. Auch der kastrierte Maximilian durchschaute schnell, was geschehen war. Von diesem Moment an hing unser Haussegen furchtbar schief, und es ging tierisch menschlich zu. Maximilian vertrieb seine Freundin nicht, aber er blickte sie nicht mehr an. Begab sie sich in seine Nähe, fauchte er. Kam sie zu ihm an den Fressnapf, wandte er sich demonstrativ ab. Immer wieder suchte die sichtlich schuldbewusste Noiree nach Versöhnung, aber der Kater ließ sie abblitzen. Mit der Geburt der zwei Jungen spitzte sich die Lage weiter zu. Maximilian war kaum noch zu Hause. Aus verschiedenen Gründen mussten die Kätzchen eingeschläfert werden. Da kehrte mein Kater erleichtert zurück. Doch noch immer strafte er seine Freundin mit Verachtung.

Inzwischen waren viele Monate voller Unfriede ins Land gegangen und ich litt sehr unter der Situation. Ich verstand Maximilians Verletzung, aber ich fühlte auch mit der Katzenmutter mit, die selbst noch ein halbes Kind war. Irgendwann gab Noiree den Versuch einer Versöhnung auf und zog sich zurück. Da erst schien Maximilian bewusst zu werden, dass er seine Unversöhnlichkeit übertrieben hatte und die ernste Gefahr bestand, dass ihre einst so glückliche Beziehung vollkommen zu Bruch ging. Eines Tages saßen beide auf der Fensterbank, Noiree draußen, Maximilian drinnen. Die eine Fensterhälfte war geschlossen, die andere offen. Zum ersten Mal seit Monaten sahen sich die beiden Katzen direkt durch die geschlossene Fensterhälfte an. Wie auf ein geheimes Kommando hin begannen sie dann auf einmal, mit den Tatzen nacheinander zu schlagen. Man spürte die Wut, die beide aufeinander hatten, aber dennoch achteten die Katzen darauf, sich nicht wirklich zu verletzen. Sie blieben hinter der geschlossenen Fensterhälfte, jeder auf seiner Seite und schlugen sozusagen um die Ecke. Auf einmal war es vorbei und jede Katze ging ihres Weges. Kurz darauf erlebte ich ein großes Geschenk: Maximilian und Noiree lagen wieder eng beieinander auf einem Sessel. Sie hatten sich versöhnt und wurden wieder ein unzertrennliches Paar. Beide waren sichtlich gereift durch ihre Krise. Noiree war erwachsen geworden und Maximilian sah sie nun als gleichberechtigte Partnerin an.

Einige Jahre genossen beide noch ihre tiefe Liebe zueinander. Dann starb Maximilian. Noiree blieb bei seinem Todeskampf treu an seiner Seite. Mit tierärztlicher Erlaubnis begruben wir Maximilian in der Nähe. Monate später erzählte mir eine Nachbarin, Noiree säße jeden Tag am Grab von Maximilian.

Anne Hamacher

Urma, die nicht sterben durfte

Da war einmal eine alte Frau, die hatte ein langes, erfülltes Leben hinter sich und sollte bald 100 Jahre alt werden. Sie war müde davon und sehnte sich danach, diese Erde verlassen zu dürfen. Sie rief den Tod herbei und bat ihn: »Lieber Tod, ich habe nun genug Lebenszeit hinter mich gebracht, bitte nimm mich mit dorthin zu meinen Ahnen und zeig' mir die Welt nach dem Leben. Auch möchte ich gerne wissen, wie es an dem Ort ist, von dem kein Mensch wiederkehrt!«

Der Tod antwortete:

»Du bist eine mutige Frau, die keine Angst vorm Sterben hat. Aber ich muss dich enttäuschen. Deine Zeit ist noch nicht abgelaufen. Noch viele Aufgaben stehen vor dir!«

Die Frau erschrak:

»Viele Aufgaben? Aber ich habe schon so viel erlebt, Gutes wie Schlechtes, zwei Kriege, in denen meine Brüder, Väter und Geliebten fielen, habe ich überlebt, habe immer zu mir und anderen gesagt: Gib niemals auf, das Leben geht weiter ... ich habe meine Trauer überwunden, habe Kinder bekommen und Kindeskinder betreut, als Großmutter und Urgroßmutter all ihre Sorgen geteilt und begleitet, all ihre Freuden gesehen. Meine Freunde, meine Brüder und Schwestern, kurz niemand aus meiner Generation ist noch am Leben. Bitte, ich bin müde, nimm mich mit!«

Aber der Tod blieb hartnäckig.

»Bedaure, liebe Frau – ich hole dich beizeiten!«

»Wie lange noch? Ich werde bald 100 ...«, rief die Frau mit zitternder Stimme. Der Tod war jedoch schon verschwunden.

»Ach«, seufzte die Frau, »welche Aufgaben sollte ich noch haben in meinem Alter? Ich bin nutzlos für die Menschen, ich habe nichts zu sagen, der Kreislauf ist geschlossen. Ich habe gelernt, dass die Menschen alle Fehler ihrer Vorfahren immer und immer wiederholen. Sie machen Kriege. Und sie können Kriege führen, weil immer und immer wieder junge Männer kämpfen wollen – sie verkaufen den Heldentod als Ehrensache, sie beweinen die Toten, das Elend, das Leid, finden Worte des Bedauerns, als sei alles neu und noch niemals geschehen ... es ist langweilig und ärgerlich, die Wiederholung dieser Einsichtslosigkeit mit zu erleben, nein, ich mag es nicht mehr sehen ...«

So grübelte sie vor sich hin.

Da klopfte es an der Türe.

»Komm herein!«, rief die Frau mit dünner Stimme.

Ihre dreijährige Urenkelin Alisa stürmte herein.

Sie hielt eine weiße Margerite in der Hand.

»Für dich, Urma!«, sagte sie und streckte ihr strahlend die Blume entgegen.

Alisa hatte aus Urgroßmutter »Urma« gemacht, und so blieb es dann dabei.

»Ich danke dir, mein Kind«, sagte die Urma und weinte ein wenig, so berührt war sie.

»Komm mit, Urma, in den Garten!« Alisa nahm die Urma bei der Hand – die kleine, weiche warme Kinderhand umschloss die mit Adern durchzogene, von Gicht und Alter verknöcherte, aber doch zartgliedrige Hand ihrer Urma und zog die alte Frau sanft aus dem Lehnstuhl.

Im Garten blühten die Rosen und ein feiner Duft durchzog die Luft. Die Urma holte tief Atem und wanderte langsam mit Alisa durch die blühenden Beete.

»Urma, erzähl mir eine Geschichte!«, bat das Kind.

»Welche Geschichte?«

»Die Geschichte vom Tod!«, sagte das Mädchen. Sie setzten sich auf eine kleine Bank im Schatten eines großen, alten Rhododendrons, und Urma erzählte die Geschichte von ihrer Begegnung mit dem Tod, der sie nicht erlösen wollte.

Alisa hörte aufmerksam zu.

»Aber warum kommt der Tod nicht jetzt, ich will ihn sehen ... und dann sage ich ihm, das er dich niemals abholen soll. Du musst immer bei mir bleiben!«

Urma lachte. »Er zeigt sich nicht einem jeden. Und: Er soll von dir fernbleiben!«, schloss sie streng.

»Ist der Tod nett? Hat er Geschenke?«, forschte Alisa weiter.

»Er ist nett, aber manchmal kommt er zum falschen Zeitpunkt. Manchmal holt er Menschen, die nicht sterben wollen, weil sie jung und lebenslustig sind, und die, die sterben wollen, holt er nicht!«

»Du sollst nicht sterben«, sagte Alisa und legte ihren Kopf an Urmas Schulter. Diese sagte nichts.

»Alisa!«, tönte es aus dem Haus und Alisas Mutter kam in den Garten. Sie entdeckte die beiden auf der Bank und setzte sich einen Moment zu ihnen.

»Urma, du isst heute bei uns zu Mittag!«, sagte sie. »Ach, ich will nicht essen, lasst mich hier sitzen«, bat Urma.

Alisas Mutter kannte Urma. Man konnte sie nicht zwingen. Deshalb sagte sie: »Nun gut, dann bringen wir dir wenigstens etwas zum Trinken. Heute kommt noch viel Besuch. Die gesamte Familie hat sich angemeldet. Alle wollen dich sehen – dabei hast du gar nicht Geburtstag«, wunderte sich Alisas Mutter.

So kam es, dass die alte Urma den ganzen Tag auf der Bank saß. Und es kamen die Kinder und Kindeskinder und sprachen mit ihr.

Ihr Sohn bedankte sich für ihre Stärke und ihren Willen, seinem Leben eine Richtung zu geben. Ihre Tochter erinnerte sie an lustige Begebenheiten aus ihrer Kindheit. Neffen und Nichten kamen und bedankten sich bei ihr.

»Urma, du bist immer ein Vorbild für mich!«

»Ich werde dich nie vergessen – du bist eine großartige Frau!«

»Wenn ich auch so schön alt werden könnte wie du!«

»Ich habe dich sehr lieb, Urma. Du bist die wunderbarste Großmutter der Welt!«

»Ich danke dir für alles, was du für mich getan hast!«

»Du hast mir immer so schön zugehört!«

»Du hattest immer Zeit für mich.«

So sprachen sie. Urma lächelte und freute sich über die Anerkennung und dic Liebe, die ihr entgegengebracht wurde. Sie fühlte sich wie in einem Traum.

Der Nachmittag ging dem Abend entgegen und ein feuriger Sonnenuntergang tauchte den Himmel in dunkelrote und violette Farbspiele, die noch lange ein transparentes, unwirkliches Leuchten hinterließen.

Die Familie hatte sich verabschiedet. Urma aber saß immer noch am Rhododendronbusch auf der Bank in ihrem weiten leinenfarbenen Kleid. Sie hatte sich ein wollenes Schultertuch umgelegt.

Auf einmal spürte sie wieder den Tod. Er stand hinter ihr.

»Endlich bist du wieder da – kann ich nun mit dir gehen?«, fragte sie ohne Angst.

»Noch nicht«, erwiderte der Schattenmann. »Etwas fehlt noch – warte nur.«

Urma blieb auf der Bank sitzen. Die Dämmerung trat ein, aber sie wollte nicht zurück ins Haus. »Lasst mich allein!«, sagte sie zu ihren Kindern. Sie verweigerte alle Speisen und Getränke, die ihr gebracht wurden.

Und sie verstummte. Kein Wort drang über ihre Lippen. Ihr Blick entfernte sich.

Die Sommernacht war sternklar und warm. Ein Froschpärchen quakte in die Stille hinein. Sie sangen ein Lied, ein Liebeslied? Plötzlich verstand Urma, was sie sangen. Sie verstand die Sprache der Frösche, dieses uralte Lied der Paarung und Fortpflanzung, das von Freude, Lust und Schmerz erzählt.

Eine Eule schwebte mit lautlosem Flügelschlag vorbei, und entfernt rief ein Käuzchen sein »Qu-itt – Komm mit«.

Da hörte sie auf einmal eine Stimme.

»Komm nun mit in unser Reich, aber wisse, es ist nur ein Besuch von kurzer Dauer – so ist es bestimmt!«

Jetzt sah sie die Glühwürmchen – erst waren es einzelne, aber dann wurden es immer mehr. Sie kamen zu ihr, umschwärmten sie, die alte Urma, und verdichteten sich tausendfach zu einem einzigen phosphoreszierendem Lichtmeer. Sie wurde eingehüllt, aufgesogen und aufgenommen von Wellen und Strudeln aus glitzernden, funkelnden, aber Milliarden Pünktchen. Sie fühlte sich plötzlich ganz leicht und frei. Es war, als hätte sie ihren Körper wie eine Hülle abgelegt. Sie vermischte sich mit all diesen Lichtelementen. Sie tanzte mit ihnen und in ihnen – ohne Zeitnot, ohne Raumnot hinein in die große Unendlichkeit des Universums.

In den frühen Morgenstunden des neuen Tages fanden die Kinder die alte Urma immer noch auf der Bank sitzend – sie lächelte und ihr Körper war noch warm.

»Urma ...?« Alisa nahm die Hand der Alten. »Urma, komm mit!« Aber die Alte bewegte sich nicht.

»Urma hat uns verlassen«, sagte Alisas Mutter. »Aber es geht ihr gut!«, fügte sie hinzu und weinte.

Als Alisa 25 Jahre alt war, hatte sie in einer Sommernacht, die sie mit ihrem Liebsten verbrachte, einen Traum:

Sie sah Urma auf sich zukommen und den Tod. Der Tod sagte: »Jetzt ist die Zeit um, du musst zurück!« Urma bettelte:«Bitte nicht, nicht noch einmal!« Darauf sagte der Tod: »Es ist nicht schlimm, du gehst zu Alisa!«

Da freute sich die Urma. »Zu Alisa, ja, da möchte ich hin. Aber zuvor beantworte mir noch eine Frage. Wenn du der Tod bist, der

Leben beendet, wie kannst du dann bestimmen, dass eine Seele zurückkehrt in Menschengestalt?«

»Ich bin Werden und Vergehen, in mir sind Ende und Anfang vereint – ich bin die Kraft der Wandlung!«, antwortete der Tod und entfernte sich in einem Lichtermeer.

In dieser Nacht wurde Alisa schwanger und ein Jahr später brachte sie einen Sohn zur Welt. Als er die Augen aufschlug, da waren es Urmas Augen, die sie anblickten aus großer Ferne und doch ganz nah. Und Alisa verstand den Traum.

Annette Hartmann

Da gingen mir die Augen auf

Es ist eine Ostergeschichte, eine Emmausgeschichte, die sich sogar zwei Mal ereignet hat. Ich bin seit vielen Jahren Pfarrer und von Vorurteilen nicht immer frei. Aber es gehört zu dieser Ostergeschichte, dass ich gleich zwei Mal meiner Vorurteile wegen Lüge gestraft wurde, zu meinem Glück in einer sehr erfreulichen Form.

An einem Ostermontagmorgen, ich hatte selbst keine priesterliche Verpflichtung, fuhr ich in die nahe Bischofsstadt, wo ein Domherr sein goldenes Priesterjubiläum feierte. Das ist jetzt über 25 Jahre her. Beim Einordnen fuhr auf der Brücke in der Spur rechts von mir ein Auto vorbei, besetzt mit einem jungen Paar. Ein sympathisches Paar. Ich vermutete, ein verliebtes Paar auf dem Weg in eine hübsche Feiertagslandschaft zum Erleben des Frühlings in der Natur. Als unsere Autos sich wieder in Bewegung setzten, verabschiedete ich mich in Gedanken von dem jungen Glück auf ihrem Weg in den nahen Wald. Wie aber gingen mir die Augen auf, als ich die beiden im Dom wiedersah: beim Brechen des Brotes!

Einige Jahre später, wieder an einem Ostermontagmorgen, war ich auf dem Weg in eine meiner vier Pfarreien. Jugendgottesdienst zum Thema Emmaus war dort angesagt. Ich war mit dem Auto unterwegs und tappte wieder in die Vorurteilsfalle. Im Neubauviertel fuhr ich am Wohnhaus eines sympathischen jungen Burschen vorbei. Ich hätte ihn gern öfter in meinen Gottesdiensten gesehen. Na ja, dachte ich, der Christian, er wird mit seinen Eltern sicher irgendwo unterwegs sein, wie sollte es auch anders, dachte ich und wollte in der kleinen Pfarrkirche im Jugendgottesdienst die

Emmausgeschichte in meiner erlebten Version des Ostermontags erzählen. Um 10.30 Uhr begann der Gottesdienst. Pünktlich trat ich aus der Sakristei. Christian und seine Eltern saßen in der dritten Bank! Wie gingen mir die Augen auf!

Bardo Maria Haus

Der Bus, der nie kam

Am Abend eines ereignisreichen Lebens stellt sich öfter ein Zurückschauen ein. Der alte Mensch hat keine Zukunft mehr zu bedenken, aber er besitzt einen Schatz an Erinnerungen, den ihm niemand nehmen kann. Es sind gute und weniger gute Erinnerungen. Manche, die wehtun können. Doch man lernt zu unterscheiden zwischen dem, was wichtig, und dem, was wesentlich war. Wie sagte doch der Fuchs beim Abschied zum Kleinen Prinzen: »Das Wesentliche ist unsichtbar.« Aber – man lernt es zu entdecken, meistens als ein Licht, das plötzlich in der Erinnerung aufleuchtet. Von solch einem Licht möchte ich erzählen:

Als unser Sohn Michael drei Jahre alt war, lebte unsere kleine Familie getrennt. Der Vater studierte in einer anderen Stadt, die Mutter saß tagsüber am Fließband in einer Fabrik, um das Notwendigste zu verdienen. Klein-Michael war bei der Oma-Stadt in der Rathausstraße, wo auch die Mutter übernachtete. Samstags um 14 Uhr war sie frei. Dann musste das Wenige, das möglich war, eingekauft werden. Danach wurden die Taschen an den Lenker des Fahrrades gehängt, Michael kam auf einen Gepäckträgersitz, und ab ging es zum kurzen Wochenende in die kleine Wohnung der Großeltern im Landhaus Heck. Etwa alle zwei Wochen kam auch der Vater dazu, und zwar mittels eines alten Motorrades. Auf dem Rücksitz saß Kommilitone Alfons W., man teilte sich so die Benzinkosten. Am Sonntagnachmittag mussten sie wieder zurückfahren.

Es war ein Sonntagnachmittag im November. Aus irgendeinem Grunde mussten Michael und ich ohne Fahrrad zurück in die Stadt zur Oma. Der Weg von gut drei Kilometern war für Michael keine Kleinigkeit.

Man sagte uns, dass es neuerdings eine Busverbindung gäbe und bei der Gaststätte »Kranenkasper« eine Haltestelle sei. Bis dahin mussten wir ein gutes Stück in die Gegenrichtung gehen, aber ein Bus war eine gute Aussicht. Wie gewöhnlich trug ich eine große Tasche, gefüllt mit dem, was wir zwei in der Woche brauchten.

Draußen sah es grau und schon ein wenig dämmerig aus. Ein kalter Wind schnitt uns ins Gesicht, von den Pappeln, die die Landstraße säumten, tropfte es auf uns herab. Alles machte einen verlassenen Eindruck, kein Mensch begegnete uns, Autos waren damals noch eine Seltenheit. Es war, abgesehen vom Geräusch des Windes und unserer beider Schritte, fast gespenstisch still.

An der vermuteten Haltestelle befand sich tatsächlich ein Schild mit einer bescheidenen Tafel. Aber aus den wenigen Daten konnten wir keine Abfahrtszeit entnehmen. Wir warteten. Bewegten uns hin und her. Schauten sehnsüchtig in die Richtung, aus der der Bus kommen musste. Es blieb still, kein Mensch, kein Fahrzeug. Aus einem Haus gegenüber schlurfte ein alter Mann auf uns zu. Wir fragten ihn, aber er wusste nichts. Die Gaststätte war geschlossen.

Die Dämmerung nahm zu. Ich sagte zu Michael: »Was meinst du, sollen wir doch lieber gehen?« Er war nicht dagegen. Also wanderten wir die leere Landstraße entlang. Ab und zu ruhte sich Michael, auf der Tasche sitzend, aus. Dann ging es tapfer weiter. Es wurde dunkel und irgendwie packte mich eine Art Verzweiflung. Nicht nur über den Augenblick. Über alles. Es war, als wollten mich alle Kräfte verlassen.

Obgleich wir ja nicht stumm miteinander daher wanderten, sondern im Gespräch waren, musste das Kind etwas bemerkt haben. Plötzlich ergriff es meine freie Hand und sagte: »Sei nicht traurig, Mutti, bald sind wir bei der Oma, da ist es warm und wir trinken heißen Malzkaffee.«

Dies war der Augenblick, den ich nie vergaß und auch nie vergessen werde: Mein kleines Kind erspürte die Situation seiner Mutter und tröstete sie.

Ich stellte die Tasche ab, nahm mein Kind auf den Arm und legte meinen Kopf an seine Schulter. Es sah nicht, dass ich weinte. Dies war der schönste Trost, den ich je in meinem Leben empfing. » Ja, du hast Recht, bald sind wir da«, sagte ich nur.

So war es dann auch. Erst kurz vor den ersten Häusern der Stadt begegnete uns ein Fahrzeug. Der Bus war nicht gekommen. Vielleicht fuhr er an Sonntagen nicht.

Irmgard Heck

Fräulein Loose ist entsetzt

Meine Mutter Helga stand als kleine Schülerin von jeher mit der Handarbeitslehrerin auf Kriegsfuß. Sie konnte froh sein, wenn sie auf eine knappe Vier kam. Strümpfe stopfen war nicht ihre Stärke, und Sticken schon gar nicht. Die Handarbeitslehrerin, Fräulein Loose, hatte schon prophezeit, von den Strümpfen, die Helga gestopft hätte, würde ihr Mann später Hühneraugen bekommen. Der gestrickte Topfhandschuh, ein Werk der Sextanerin, galt als »Museumsstück«, die Knopflöcher in den Bettbezügen ließ Helga zu Hause von ihrer Mutter nähen, um ihre Vier zu retten. Mittlerweile war sie in der Obertertia und galt in Handarbeit als »hoffnungsloser Fall«.

Jedes Strickzeug, das sie in die Hand nahm, sah von ihren verschwitzten Händen nach kurzer Zeit wie ein Putzlappen aus; nur Topflappen konnte sie häkeln. Aber Sticken war das Schlimmste. Eines Tages sollten sie einen Sinnspruch auf ein Stück Stoff sticken; dieses Werk sollte dann eingerahmt den Eltern zu Weihnachten geschenkt werden. Den Sinnspruch konnte sich jede Schülerin selbst aussuchen und auf ein Stück Papier schreiben. Vorsichtshalber wollte Fräulein Loose die ausgewählten Sprüche begutachten, damit auch nur ja kein »Fauxpas«, kein Fehler, passierte, wie sie sich ausdrückte.

Helga fiel kein Spruch ein, sie wusste noch nicht einmal, wozu so ein Wandspruch dienen sollte, denn bei ihr zu Hause gab es so etwas nicht, nicht einmal in der Küche. Während ihre 25 Mitschülerinnen eifrig die Köpfe über die Tische beugten und ihre Ideen notierten, kaute sie an ihrem Bleistift. Da plötzlich kam ihr ein Gedanke. Ein Spruch fiel ihr ein, den sie schon einmal irgendwo gehört hatte: »Wenn die Frauen verblühen, verduften die Männer.« Schnell notierte sie ihn. Da fiel plötzlich ein Schatten auf ihr Blatt, und die Lehrerin, die die Angewohnheit hatte, sich lautlos wie eine Katze zu bewegen, stand hinter ihr und schaute über die Schulter. Als sie den Spruch las, fiel ihr vor Schreck fast die Hornbrille von der Nase. »Aber Helga!«, rief sie so laut, dass die ganze Klasse es mitbekam. »Wenn du ab und zu auch mal nachdenken würdest! So einen Spruch auszusuchen ... weißt du etwa nicht, was er bedeutet?«

Helga saß mit hochrotem Kopf in der Bank, während die Mitschülerinnen kicherten, wie nur Mädchen von 14 oder 15 Jahren kichern können. Helga erklärte, sie habe sich nichts dabei gedacht, und schlug noch einen weiteren Spruch vor: »Wer Geld hat, schickt die Frau ins Bad, wer keins hat, wäscht sie selber ab.« Fräulein Loose erklärte Helga, dass beide Sprüche höchst unpassend seien. Es verschlug ihr wirklich die Sprache, und noch sehr lange machte diese Geschichte auf Helgas Klassentreffen die Runde.

Ingrid Henjes

Wovor ich Angst habe

Kürzlich fragte mich mein Arzt, ob ich vor irgendetwas Angst hätte. Beim Nachdenken über die Antwort fiel mir ein Erlebnis ein, das ich in Lima im August 1993 hatte.

Da es tagsüber für einen Gringo, einen Fremden, nicht ratsam ist, im Slum La Victoria in Lima herumzuspazieren, war ich schon früh um fünf Uhr aufgestanden, hatte mich möglichst unauffällig und schäbig angezogen, Ausweis, Geld und sonstige Wertsachen in unserem Quartier gelassen und war losgezogen, um den Padre Inca nach seiner Frühmesse abzuholen und zu einem morgendlichen Ausflug ans Meer zu überreden.

Das langsame Erwachen einer Großstadt ist fraglos ein faszinierendes Ereignis. Wenn es dazu eine Steigerung gibt, dann ist es das tägliche Wiederaufnehmen des Kampfes ums Überleben im Slum. Die Menschen kriechen aus unbeschreiblichen, stinkenden schmutzigen Löchern, und da sie annehmen, so früh niemandem zu begegnen, tragen sie noch nicht die Maske der Selbstsicherheit und der Ungerührtheit. Bevor sich die Gesichter verschließen, kann man daher all das Leid, die Enttäuschung, die Verzweiflung und Verbitterung von ihnen ablesen.

Auf meinem Weg bieten mir da und dort die ersten Schuhputzjungen ihre Dienste an, ohne zu sehen, dass ich, barfuß in Sandalen, ihrer nicht bedarf. An der Kreuzung Leon-Bausate, wo ich wegen der Terroristen des Sendero Luminoso »um Gottes willen« nichts zu suchen hätte, kommt ein etwa fünfjähriger Junge auf mich zu: Turnhose, schmutziges T-Shirt, Gummisandalen und bettelt: »Da me plata« – Gib mir Geld. Ich bin gewarnt und antworte »No tengo plata« – Ich hab keines. Der Kleine stellt sich mir direkt in den Weg und ich sehe, dass er am rechten Ohr eine große blutverkrustete Wunde hat. Er zieht mich vorne am Anorak zu sich herunter, wartet, bis ich ihm voll ins Gesicht sehe, legt all seine Hoffnung und Erwartung in seine Stimme und bittet: »Da me pan« – gib mir Brot. Ich streiche ihm mit der Hand übers Haar, und während er sich am Anorak festhält und sich an meine rechte Seite schmiegt, muss ich ihm sagen: »Ich habe kein Brot.« Da bricht die Verzweiflung über ihn herein und er schluchzt: »Peró tengo hambre terrible« – Aber ich habe so entsetzlichen Hunger. In diesem leisen, kindlichen Wimmern und den großen dunklen Augen scheint alles Leid der Welt gebündelt. Wie ein glühendes Messer in eine Wachsfigur, so dringen diese Worte in mich ein. Ich bedeute dem Kleinen, hier zu warten: »Cinco minutos – pan« und eile zum nahe gelegenen Pfarrhof, um ein paar Semmeln zu holen.

Aber als ich vom Frühstückstisch der Padres das Brot einstecke und meine Absicht erkläre, löse ich allgemeines Entsetzen aus: »Das ist eine Falle, die wollen dich erschießen.« »Wenn du Brot bringst, hält man dich für einen Organhändler, der die Kinder betäuben will. Du kommst nicht lebend wieder.« Schweren Herzens füge ich mich den wohlgemeinten Ratschlägen.

Zwei Tage später sehe ich dann den Jungen wieder.

Nach dem Frühstück holt uns der Padre ab, um mit uns nach Pacha-Camac zu fahren. Noch in der Stadt halten wir vor einem großen dreistöckigen Gebäude. Der Padre bittet mich, schnell ein Foto für ihn zu machen. In einem kleinen Innenhof wartet ein Mann neben einem weißen Toyota-Pickup, der den Padre anscheinend kennt. Er grüßt kurz und sagt nur »cinco« – fünf – und nach einem fragenden Blick auf mich rollt er die Plane über der Ladefläche nach vorne auf. Vor uns liegen fünf Kinder verschiedenen Alters und Geschlechts. Völlig nackt und – tot.

Das Zweite von hinten liegt mit dem Kopf nach links, und ich blicke in die weit geöffneten schwarzen Augen und sehe die Wunde am rechten Ohr. Der Padre spricht ein Gebet und segnet die Leichen. Mir ist klar, ein Bild von so brutaler Wucht bekomme ich so schnell nicht wieder vor die Kamera. Aber ich kann nicht, ich stehe wie gelähmt und sehe nur die zwei Augen. Beim Hinausgehen erklärt mir der Padre, dass die Leichen nicht beerdigt, sondern zu Sezierübungen an die Universitäten verkauft werden.

Vielleicht verstehen Sie jetzt, wovor ich Angst habe – nämlich davor, dass in den letzten Augenblicken meines Lebens die beiden Worte aus meinem Gedächtnis aufsteigen und von meinem Gehirn Besitz ergreifen. Dass mir am jenseitigen Ufer des Jordan vielleicht ein Richter in der Gestalt des kleinen Jungen entgegentritt, der mir mit seinem leisen und schmerzerfüllten Stimmchen sagt: »Tengo hambre« und ich dann – wieder – kein Brot für ihn habe.

Nikolaus Himmelstoss

Wer hat das größte Kacka?

Meine dreieinhalbjährige Enkelin Laura war bei mir zu Besuch und der vierjährige Jakob aus der Nachbarschaft wollte mit ihr zusammen spielen. Die beiden saßen im Wohnzimmer auf dem Boden und ich hörte aus der Küche folgendes Gespräch:

Jakob: »Was willst du spielen?«

Laura: »Kacka machen!«

Jakob: »Aber nur im Spiel, nicht in echt.«

Laura: »Ja, nur im Spiel.«

Beide sitzen in ihrer Fantasie nun auf dem Klo; konzentriert und mit entsprechenden Geräuschen. Nach einer Weile sagt Jakob: »Ich hab' das größte Kacka gemacht.«

Laura: »Ich hab' auch das größte.«

Jakob: »Das geht nicht, weil ich schon das größte habe.«

Laura: »Aber meins ist größer.«

Jakob, leicht gereizt: »Man muss so sagen, wie man am Anfang gesagt hat.«

Laura: »Meines ist aber auch das größte.«

Jakob, genervt und lauter: »Nur einer kann das größte haben – ich hab's zuerst gesagt!«

Laura: »Ich hab' auch das größte.«

Jakob schreit, verzweifelt über so viel Unlogik: »Nein! Das geht doch nicht!«

Ich muss mir in der Küche Gewalt antun, um nicht einzugreifen. Zum Glück bin ich dazu in der Lage und warte gespannt, wie es weitergeht.

Im Wohnzimmer ist es eine Zeit lang still. Bis die kleine Laura ganz ruhig sagt: »Jeder macht *das* Kacka, das er gerne machen möchte.«

Ich falle vor Überraschung fast vom Stuhl.

Die Situation ist gerettet. Jakob ist mit der Lösung einverstanden. Beide sind zufrieden und beginnen etwas Neues.

Und ich sitze in der Küche und bin tief beeindruckt! Wie viel vernagelte, verbohrte, machtbesessene Erwachsene könnten sich davon eine Scheibe abschneiden.

Meine kleine Laura – und so viel Lebensweisheit!

Fast hätte ich alles vermasselt mit irgendeinem oberklugen pädagogischen Schlichtungsversuch.

Beate Höness

Mein Sohn

Von Beginn an war in meinem Fühlen und Wahrnehmen diese Schwangerschaft anders. Es war dieses Spüren einer Bedrohung, die sich nicht rational begründen lässt. Die Menschen im Umfeld beruhigen dich und sagen: »Jede Schwangerschaft ist anders; Schwangere sind besonders sensibel.« Die behandelnde Ärztin erklärt: »Es ist medizinisch alles soweit in Ordnung. Das Kind ist halt ein bisschen klein, aber es wächst schon noch.« Der Partner besänftigt: »Mach' dich doch nicht verrückt; höre auf darüber nachzudenken. Bei der ersten Schwangerschaft ist doch auch alles gut gegangen.« Die Mutter rückt einem den Kopf zurecht: »Stell' dich nicht so an. Du bist aber auch empfindlich.« Aber dieses Gefühl bleibt.

Dann kommt der 16. Juni 1986. Es ist die sechste Schwangerschafts-Vorsorgeuntersuchung in der 24. Woche. Die Ärztin wirkt verunsichert. Das Kind lässt sich per Ultraschall nicht »richtig vermessen«. Zur Sicherheit soll ein Spezialultraschall in der Universitätsklinik durchgeführt werden. Am besten noch in dieser Woche. Wir sind pünktlich um neun Uhr dort und werden als »kurzfristig dazwischengeschoben« auf eine Warteliste gesetzt. Es ist heiß, der Warteraum ist voll mit besorgten Schwangeren und verunsicherten, überforderten werdenden Vätern. Die Gespräche kreisen um schwierige Behandlungen von Ungeborenen, genetischen Missbildungen, Gefahren für das Kind. Ich sitze dort und lege schützend die Hände auf meinen Bauch und mein Kind. Seine Bewegungen erlebe ich nur wie leise Berührungen. Dieses kleine Wesen ist so zart und verhalten in mir. Ich summe tonlos Schlaflieder, will uns beide beruhigen.

Endlich, nach fast zwei Stunden, kommt der Aufruf zum Ultraschall. Das Ultraschallgerät ist auf dem neusten Stand. Die Bilder sind sehr deutlich und auch von uns gut zu erkennen. Da ist es, unser Kind – klein und beschützt in mir. Kleine Beine und Füße, ein runder Körper, kleine Arme und Hände, es lutscht an seinem Daumen. Wir können es deutlich sehen. Auf unsere brennende Frage nach ihrer diagnostischen Meinung zu den Aufnahmen weicht die Ärztin aus. Dies müssten wir mit dem Oberarzt besprechen. Wir müssen wieder ins Wartezimmer. Es wird noch etwas dauern. Ich bin erleichtert. Unser Kind sieht doch völlig normal aus. Es scheint doch alles in Ordnung – oder nicht? Stunden vergehen. Wir beschließen, alles optimistisch zu betrachten, und vor diesem Hintergrund bleibe ich alleine in der Klinik. Mein Mann fährt zu einer Tagung, wo er die Eröffnungsrede halten soll. Die Zeit verstreicht; ich werde immer unruhiger, bekomme Angst. Dann werde ich aufgerufen. Ich betrete das Zimmer des Oberarztes. Mehrere Ärzte sind anwesend. Der Oberarzt begrüßt mich mit der Frage: »Sind Sie ohne Begleitung hier?« Er ruft eine Krankenschwester dazu. Ich soll mich setzen. Die Krankenschwester stellt sich hinter mich und es folgt der Satz, der mit einem Schlag messerscharf die Zukunft meines Kindes zerstört: »Ihr Kind hat eine Behinderung im Bereich des Schädels, die mit dem Leben nicht vereinbar ist.« Die Worte stehen im Raum, brennen sich in meinen Kopf. Ich kann nicht atmen, ich kann nicht denken, ich kann nicht fühlen, ich bin gelähmt. Nur das Kind bewegt sich leise in mir. Sein Todesurteil ist ausgesprochen. Ich will wissen, was das heißt – »... mit dem Leben nicht vereinbar«. Die Ärzte erklären mir auf den Bildern, dass unser Sohn an einem Anencephalus leidet; einer angeborenen Missbildung mit rudimentärem Schädel und ohne Gehirn. Aber das ist doch Unsinn. Er bewegt sich doch, er lutscht Daumen, er atmet, er lebt schon seit 24 Wochen in mir. Ich singe und spreche doch mit ihm; er ist doch nur zu klein.

Die medizinischen Erklärungen sind einfach: Das Stammhirn, das die vitalen Lebensfunktionen steuert, ist vorhanden; aber das ist auch alles. Das Kind kann nur in mir leben. Es wird spätestens bei der Geburt sterben. Zusätzlich leidet es noch an einer ausgeprägten Spina bifida, sprich: auch die Wirbelsäule hat sich nicht geschlossen, und sein Herz arbeitet nicht richtig. Es ist aussichtslos und es besteht überhaupt keine Hoffnung auf Lebensfähigkeit. Da das Kind auch kein Fruchtwasser schluckt, hat sich in der Gebärmutter bereits sehr viel Fruchtwasser gesammelt. Die Ärzte geben mir zwei Entscheidungsmöglichkeiten. Entweder ich lasse die Schwangerschaft jetzt unterbrechen, aber dann muss dies umgehend erfolgen, da eine Unterbrechung nur bis zur 24. Woche möglich ist. Oder ich warte den weiteren Verlauf der Schwangerschaft ab und entbinde normal in drei Monaten. Egal, wie ich mich entscheide, unser Sohn muss sterben. Sie raten mir zu einer Unterbrechung, da die Missbildungen sehr massiv sind und die weitere Schwangerschaft wahrscheinlich sehr anstrengend – besonders auch unter psychischen Gesichtspunkten – sein wird.

Ich will nur noch nach Hause. Ich verlasse den Behandlungsraum. In der Hand den Umschlag mit dem Todesurteil für unseren Sohn. Mir scheint, die Welt müsse still stehen. Wieso sehen die Menschen nicht, dass mein Kind sterben muss? Sie gehen und reden wie immer. Es herrscht weiter geschäftiges Treiben. Schwangere sitzen mit angestrengtem ängstlichem Blick im Wartezimmer. All das läuft wie ein Film an mir vorbei. Jemand fragt, ob man mir helfen kann. Ich verneine. Ich will das Krankenhaus verlassen, will nach Hause. Aber wie? Meinen Mann kann ich nicht erreichen. Ich fahre mit dem Bus zum Bahnhof. Im Zug beruhige ich mein Kind, es bewegt sich so stark wie nie zuvor. Es kann doch nicht wahr sein, dass dieses strampelnde Wesen sterben soll.

Endlich komme ich zu Hause an. Meine Mutter öffnet mir die Tür. Ich gebe ihr den Umschlag und kann nur noch sagen: »Mein

Kind wird sterben.« Endlich kann ich weinen. Wir weinen beide. Mein zweijähriger Sohn versteht das alles nicht. Endlich ist die Mama wieder da, und nun weinen Oma und Mama, und keiner kümmert sich um ihn. Dann ruft mein Mann an. Er will wissen, was denn jetzt ist. Ich erzähle, es ist meine Trauer; es soll nicht seine Trauer sein. Er hat mich alleine gelassen. Ich fühle mich so einsam. Später, als er zu Hause ist, versuchen wir eine Entscheidung zu treffen. Wir telefonieren mit einem befreundeten Arzt und schildern ihm den Befund. Nach Rücksprache mit einem Gynäkologen rät er uns, die Schwangerschaft zu beenden. Es besteht überhaupt keine Überlebenschance für unser Kind. Wir sollen an unseren großen Sohn denken und an meine Gesundheit. Ein Rückruf in der Uniklinik ergibt, dass ich am nächsten Tag aufgenommen werden kann. Will ich das wirklich, ist es nicht Verrat an unserem Kind? Ich bin nur noch müde; kann nicht jemand für mich entscheiden? Nachts schlafen wir nicht, wir reden, weinen und trösten uns. Welches ist die richtige Entscheidung? Das Kind kann noch mit mir leben, aber dann muss ich es hergeben. Ist es nicht vernünftiger, direkt zu handeln und die Geburt einzuleiten? Darf ich, dürfen wir entscheiden, wann es sterben muss? Alle Fakten sprechen gegen eine Fortführung der Schwangerschaft: eine Überlebenschance gibt es nicht, bedingt durch die starke Gewichtszunahme wird die Schwangerschaft jetzt schon beschwerlich, Komplikationen können auftreten, die psychische Belastung in den nächsten Wochen wird sehr groß sein. Aber bin ich schon bereit, mich von ihm zu verabschieden?

Gegen Morgen treffen wir eine rationale Entscheidung, und ich packe meine Tasche für die Klinik. Es ist ein wunderschöner Sommermorgen; kein Tag zum Sterben, sondern ein Tag, der nach Leben und Lachen ruft. Ich weine; ich will das alles nicht glauben. Ich singe tonlos Schlaflieder für mein Kind, das plötzlich ganz still geworden ist. Es ist der 20. Juni 1986. In der Klinik dann routinierter Alltag. Die Ärzte beschließen, die Geburt einzuleiten. Wir möchten unser Kind nach der Entbindung sehen. Die Ärzte wollen dies nicht. Sie erklären uns, dass die Missbildungen so massiv seien, dass wir besser das Kind nicht sehen sollen; es wäre schon für einen Arzt schwer zu ertragen. Aber es ist doch mein Kind, es ist doch kein Ungeheuer. Wir werden auf später vertröstet. Ich bekomme Wehen auslösende Medikamente und gleichzeitig Schmerzmittel. Das Warten beginnt. In mir schwingt immer nur ein leises Schlaflied, ich höre tief in mich hinein und wir sind eine Einheit; es gibt nur noch meinen Sohn – ich bin sicher, dass es ein Sohn ist – und mich. Wir haben nur noch eine ganz kurze Zeit miteinander. Aber ich will ihn nicht hergeben. Zwei Tage vergehen, die Wehen werden trotz starker Wehenmittel immer wieder schwach. Die Dosis wird immer mehr erhöht. Es ist der 22. Juni, der Geburtstag meines Mannes. All mein inneres Sträuben hilft nicht mehr. Mit ungeheurer Wucht zerplatzt die Fruchtblase. Ich spüre, wie mein Sohn mich verlässt. Jetzt geht alles ganz schnell. Ich werde in den OP gefahren und bekomme eine Blitznarkose. Als ich wieder erwache, bin ich leer und ausgehöhlt. Ich fühle mich erschöpft. Es überfällt mich eine unendliche Sehnsucht, mein Kind in meinen Armen zu halten. Wo ist er jetzt? Was hat man mit ihm gemacht? Die Informationen der Ärzte sind medizinisch sparsam. Ja, es war ein Junge. Er war zum Zeitpunkt der Geburt tot. Er hat nicht geatmet. Der Anencaphalus war stark ausgeprägt, die Wirbelsäule fast vollständig offen, er hatte einen Herzfehler und deformierte Füße. »Seien Sie froh, dass alles vorbei ist. Sie haben doch schon einen gesunden Sohn, freuen sie sich darüber.« Das Kind ist in die Pathologie zur Untersuchung gebracht worden. Nach zwei Wochen können wir uns bezüglich der Ergebnisse melden. Am anderen Tag gehe ich auf die Neugeborenenstation. Dort sind stolze Mütter mit ihren gesunden Kindern. Warum musste mein Kind sterben? Was habe ich falsch gemacht? Nachmittags gehe ich in die Bibliothek der Klinik. Nach kurzem Suchen finde ich die Abteilung für pränatale Diagnostik und dann sehe ich zum ersten Mal Bilder von Anencephalus-Kindern. So sieht er also aus, unser Sohn. Der Körper, Arme, Hände, Beine sind völlig normal. Warum durfte ich unseren Sohn nicht sehen? Ich weine und trauere um die nicht zu wiederholende Möglichkeit, mein Kind in meinen Armen zu halten. Werfe mir vor, dass ich zu schwach war, für meinen Sohn zu kämpfen, dass ich nicht von Angesicht zu Angesicht von ihm Abschied genommen habe, dass ich nicht seine Hände habe streicheln können, einmal seinen Körper halten. Ich habe ihn schutzlos der Medizin überlassen. Kann ich mit dieser Schuld leben?

Mein Mann und ich leiden und trauern gemeinsam. Aber in mir ist ein Gefühl, dass nur ich versagt habe, nur ich habe ihn verloren, der Schmerz gehört mir. Ich will ihn nicht teilen. Nach fünf Tagen verlasse ich körperlich gesund die Klinik. Nach außen lebe ich wieder meinen Alltag. Die Freunde, Nachbarn, Kollegen sind freundlich, zugewandt, aber auch hilflos. Sie sind froh, wenn ich mich »normal« verhalte. Sie sprechen von einer missglückten Schwangerschaft: »Gut, dass man es noch so früh gemerkt hat, du hast ja einen gesunden großen Sohn, du kannst noch weitere gesunde Kinder bekommen.« Ich aber weine Nacht für Nacht um diesen Sohn. Jeden Morgen erwache ich und die Unbekümmertheit eines neuen Tages ist in Bruchteilen von Sekunden überschattet von meiner Trauer. Ich habe sehr lange gebraucht und es nur mit therapeutischer Hilfe geschafft, all diese Erinnerungen zu verarbeiten.

Renate Hofer

Das Geschenk der Urgroßtante

Vor einigen Jahren gab es in unserer Firma durch eine Fusion große Veränderungen. Niemand kannte »diejenigen« aus dem anderen Unternehmen, und die meisten hatten Angst um ihren Arbeitsplatz. Dann wechselte auch noch der Chef des Nachbarteams, wodurch für mich die Möglichkeit in greifbare Nähe rückte, dieses Team kommissarisch zusätzlich zu meinem Team zu leiten. Ich malte mir dabei größere Chancen aus, auch nach der Fusion weiterhin Teamleiter zu sein.

Andererseits bewarb sich eine mit mir befreundete und von mir auch sehr geschätzte Kollegin auf den frei werdenden Posten. Dies löste in mir einen Kampf zwischen der Loyalität gegenüber der Kollegin, den aufkommenden Existenzängsten und bisher unbekannten Neidgefühlen aus. Dies alles wühlte mein Inneres auf und bohrte ständig in mir.

Eines Abends, als ich nachdenklich die Balkonblumen goss, hörte ich in mir die Worte: »Sohn, überlasse mir stets deine Sache, ich werde sie wohl ordnen zu meiner Zeit. Harre meiner Anordnung, und du wirst davon guten Fortgang gewahren.«

Ich war wie vom Blitz gerührt – diese Worte stammten aus einem kleinen Gebetsbuch, »Die Nachfolge Christi«, geschrieben um 1900 von Thomas Kempis. Meine Urgroßmutter hatte das Buch von ihrer Schwester geschenkt bekommen.

Ich habe in diesem Buch in meiner Jugend oft gelesen und konnte manche Passagen auswendig. Ja, und nun, in diesem Wust von Gefühlen und Unsicherheit, sprudelten die Worte aus mir wieder hervor, ganz aus der Tiefe meiner Erinnerung.

Von Sekunde an ging es mir wieder gut – ich vertraute auf diese kurzen, mir geschenkten Sätze. Die Kollegin bekam die Stelle, wir arbeiteten wunderbar zusammen, und auch für mich gab es beruflich ganz neue und interessante Aussichten.

Rudolf Huber

Unsere Suna

Es war im Jahr 1980 am 9. Dezember, als es an der Haustür klingelte und eine türkische Frau ein drei Monate altes Mädchen zu uns brachte. Sie war die Mutter des Kindes und wir sollten es vorübergehend in Pflege nehmen. Die Mutter wusste von einer Freundin, dass wir über die Nachbarschaftshilfe oder das Jugendamt hilfsbedürftige Kinder in unserer Obhut hatten. Unsere eigenen Söhne waren zu der Zeit 13, 14 und 15 Jahre alt, pubertär und im Schulstress, und wir glaubten, es damit gut sein zu lassen. Da aber war das kleine Wesen, etwas unterernährt und ungepflegt, der Nähe und Geborgenheit bedürftig, und wir ließen uns voll auf diese neue Aufgabe ein. Als großes Problem stellte sich heraus, dass die Mutter sich über Monate nicht kümmerte, plötzlich dann vor der Tür stand und das Kind mitnehmen wollte. Mit Hilfe des Jugendamtes wurden dann Besuchszeiten vereinbart, die zum Teil nicht eingehalten wurden. Das Kind entwickelte eine Angststörung, es versteckte sich, es weinte und wollte sich von uns nicht trennen. Das Mädchen war überglücklich, wenn es beschützt bei uns sein konnte, mit uns auf Reisen und Ausflügen war, mit den Buben im Rucksack auf den Berg getragen wurde, mit dem »Papa« in der Kraxe beim Langlaufen war. Aber dann kam wieder so ein »Besuchswochenende«. Das Kind, es heißt Suna, wurde stets von uns sehr subtil vorbereitet, sie wusste, dass wir nicht ihre leiblichen Eltern sind, und trotzdem war das Hinbringen jedes Mal eine Tragödie.

Als Suna fünfeinhalb Jahre alt war, brachte ihre Mutter sie und die drei Jahre jüngere Schwester, die bei anderen Pflegeeltern untergebracht war, an einem Besuchswochenende in die Türkei.

Wir waren verzweifelt und zutiefst in Trauer, haben über Jugendamt, Gericht, Konsulat und natürlich über die Mutter, die zwei Wochen später wieder zurückkam, alles versucht, Kontakt aufzunehmen. Wir konnten nichts machen, wir wussten nur, dass sie in einem fremden Land, bei fremden Menschen mit einer fremden Sprache waren.

Eineinhalb Jahre später bot uns die Mutter an, Suna sehen zu dürfen, sie, die Mutter, mache Urlaub in der Türkei, und zwei von den Buben könnten schon mal in ihrem Auto mitfahren. Die ließen sich das nicht zwei Mal sagen, und wir Eltern buchten für eine Woche später einen Flug. Da erst erfuhren wir, dass die beiden Mädchen in Bursa lebten.

So sahen wir sie wieder, am Flughafen Istanbul, verängstigt, zurückhaltend, reserviert und kein Wort mehr Deutsch sprechend. Das erzählten uns die Buben schon am Telefon. Drei Wochen lang waren wir an vielen Tagen zusammen, auch mit den Familien, bei denen die Kinder wohnten.

Im Laufe des darauffolgenden Herbstes signalisierten diese türkischen Familien, die Kinder nicht länger behalten zu wollen. Sunas Mutter und ich flogen Weihnachten wieder in die Türkei, wir organisierten die Rückreise, und beide Mädchen blieben bis auf Weiteres bei uns in unserer Familie.

Mit Aufarbeiten dieses psychischen Schocks für die Kinder, mit Deutschlernen, mit schulischem und sonstigem Eingewöhnen, regelmäßigen Besuchen bei der Mutter verbrachten wir fünf relativ schöne Jahre, wir waren glücklich, dem Kind sagen zu können, dass wir froh sind, sie wiedergefunden zu haben.

Nach diesen fünf Jahren bekam die Mutter ein drittes Kind, und da sie nicht mehr arbeitete, ordnete das Jugendamt an, dass die Mädchen zukünftig bei ihr wohnen sollten.

Suna konnte ihre Angst nicht ablegen, konnte kein Kind-Mutter-Verhältnis aufbauen, wollte sich nicht an die türkischen Lebensumstände anpassen. Sie wurde misshandelt, sollte mit einem türkischen Mann verlobt werden und lief eines Tages davon. Eine Lehrerin vermittelte ihr ein Mädchenhaus, wo sie anonym wohnen konnte, und setzte nach Anhörungen durch, dass der Mutter das Sorgerecht entzogen wurde. Da war Suna 14 Jahre alt. Sie kam in ein betreutes Wohnen. Wir hielten Kontakt und halfen, wo immer es möglich war.

Eines Tages, sie war sechzehn, eröffnete sie uns, dass sie schwanger wäre, das Kind unbedingt bekommen möchte und alles besser als ihre Mutter machen wolle. Sie beantragte die deutsche Staatsbürgerschaft, beendete die Schule mit einem guten Abschluss, gebar ihr Kind in einem Haus für Mutter und Kind mit integrierter Kinderkrippe, bewarb sich um eine Lehrstelle und zog diese Lehre drei Jahre mit Abschlussprüfung durch.

Letzte Woche heiratete sie – einen guten, lieben Mann, den sie im Haus für Mutter und Kind kennen gelernt hatte. So haben wir einen Schwiegersohn und zwei Enkel zu unseren anderen sechs dazu gewonnen!

Maria Luise Immler

Kirchenmänner

Es war im Sommer 1986, als ich nach 22 Ehejahren plante, die Trennung einzuleiten.

Eine der renommiertesten evangelischen Kirchengemeinden der Stadt suchte per Inserat in der Tageszeitung eine Gemeindesekretärin. »Ein Glücksfall«, dachte ich, »wie für mich speziell ausgeschrieben. Vielleicht kannst du da neu anfangen, wo du wegen deiner Heirat seinerzeit aufhören musstest.« Damals arbeitete ich als Ephoralsekretärin, eine Tätigkeit, die ich liebte.

Also bewarb ich mich sofort, glaubte auch selbstbewusst an meine Chancen und wartete auf die übliche Einladung zu einem Vorstellungsgespräch. Sie kam auch prompt.

Vor der Kirche empfing mich der Pastor, der mir stolz das schöne Gotteshaus zeigte, dann aber das eigentliche Gespräch den verwaltenden Bauherrn im Beisein mehrerer Kirchenvorsteher führen ließ. Der verwaltende Bauherr begrüßte mich denn auch freundlich: »Ach, Sie sind Frau ... schön, Sie kennen zu lernen; ich kenne Ihren Mann recht gut!«

Ich spitzte die Ohren. Das hörte sich gar nicht gut an. Meine Felle sah ich bereits davonschwimmen. Vorsichtshalber beschloss ich, von meinen Trennungsabsichten nichts zu verraten, denn Ehescheidungen konnten kaum der Kirche liebstes Kind sein. So erzählte ich wahrheitsgemäß von meinem langjährigen Wunsch, wieder in der Kirche arbeiten zu wollen, und dass auch meine Kinder mir dazu rieten.

Die Herren tuschelten, und dann boten sie mir in einer unbeschreiblich arroganten Weise an, mir eines der viel zu vielen Ehrenämter der Ehefrau des verwaltenden Bauherrn abzutreten. Als ich darauf antworten wollte, fuhr man mir sehr unchristlich über den Mund und fragte herausfordernd: »Was wollen Sie denn noch? Sie haben doch einen schwer verdienenden Ehemann zu Hause!« Schöpferische Pause! – Ich blieb wie vom Donner gerührt sprachlos und tief getroffen sitzen, bis der Pastor mir zu verstehen gab, dass ich verabschiedet sei.

Die illustre Tafelrunde erlaubte sich dann auch noch, mir einen Ablehnungsbescheid ins Haus zu schicken mit der zusätzlichen Bemerkung, ich hätte unter den 200 Bewerberinnen in ihrem Kirchenbüro an erster Stelle gestanden. Sollte das ein Trost sein?

Monate danach zog ich schließlich den so genannten Schriftführer der Kirche ins Vertrauen – er stellt die oberste Instanz der evangelischen Kirche des Landes dar. Er war zufällig einer der drei Pastoren meiner Kirchengemeinde, und er verriet mir auch, wer die Stelle der Gemeindesekretärin tatsächlich bekommen hatte: eine Bewerberin in meinem Alter, die wegen Ehescheidung wieder berufstätig werden wollte.

Jutta Jacobsen

In der Hölle

Warst du schon in der Hölle? Ich schon, und ich sage dir, das ist kein heißer Ort mit ewigem Feuer, wie man uns immer erzählt hat. Da, wo ich war, ist alles Leben erstarrt und erfroren, kein Gefühl gibt es mehr als wilde, wahnsinnige Verzweiflung, die körperlich so wehtut, dass du meinst, es reißt dich in Stücke. Und dann wieder das Gefühl, ins Bodenlose zu fallen, immer tiefer in die Schwärze zu stürzen und nichts und niemand kann dich aufhalten und niemand wird dich auffangen. Das nenne ich, auf dem Hintergrund einer katholischen Erziehung, Hölle.

Ich war zwei Mal da, einmal war es eine Art Vorraum, damals, als Elisabeth ein Baby von ein paar Wochen war und Thomas, unser älteres Kind, gerade zweieinhalb, starb. Wenn ich jetzt, im Abstand von fast 23 Jahren, daran nur denke, mich zurückerinnere, schlägt mir das Herz bis zum Hals. Elisabeth, das liebebedürftige, krähende Bündelchen hat es damals, glaube ich, verhindert, dass ich noch tiefer in die Hölle geriet. Ich erinnere mich an meine Traurigkeit, aber nicht an jene wilde Verzweiflung, die mich dann vor 14, bald 15 Jahren erwischte, als unser Lukas, zu der Zeit knapp vier, auch noch sterben musste. Und wir nichts tun konnten, als seinem Leiden und Sterben hilflos zuzusehen. Die beiden größeren Kinder (nach Elisabeth kam, mit einem guten Jahr Abstand, Markus) waren sieben und acht Jahre alt.

Lukas starb am 1. März. Ostern war unser Skiurlaub gebucht. Also sind wir, auch der Kinder wegen, gefahren. Ich weiß, dass ich funktioniert habe, irgendwie, so wie mein Mann auch. Wenn ich mir Fotos ansehe aus diesem Urlaub, dann weiß ich, dass das Wetter wunderschön war. Ich habe es nicht mitgekriegt, ich lag

Nachmittage lang auf dem Sofa und habe die Wand angestarrt. Ich erinnere mich, dass wir abends mit den Kindern hinausgingen, um Sterne zu gucken, ganz viele Sterne. Und dass ich nur dachte: Warum sind hier so sanfte Wiesen, warum ist hier kein tiefer Abgrund, dann könnte ich mich hinunterstürzen und alles wäre zu Ende und ich müsste nicht weiterleiden. Ich bin heute sehr froh, dass kein Abgrund da war. Ich weiß nicht, was geworden wäre.

Nach jenem Urlaub habe ich weiterfunktioniert, aber es kamen dann die Stürze ins Bodenlose, die mich überfielen, aus dem Nichts sozusagen, und die entsetzliche Kälte, die mich erstarren ließ, die mich wünschen ließ, nichts mehr zu lieben, damit ich unter keinem Verlust mehr leiden müsste. Ich erinnere mich an die verzweifelten Bemühungen meines Mannes um mich, er, der doch selber litt, musste sich auch noch um mich sorgen.

Ich habe Gott verflucht, der zulässt, dass kleine, unschuldige Kinder so leiden müssen und sterben, noch ehe sie recht gelebt haben. Ich habe meinen Rosenkranz in kleine Stücke zerfetzt. Ich habe mein Kreuz von der Wand gerissen und an den Schrank geschmissen. (Ich sehe die Macke, während ich dies schreibe.) Und hatte ein schlechtes Gewissen deswegen.

Dann waren wir auf einem Seminar für trauernde Eltern. Ein langes Wochenende, über den 1. Mai. Da waren wir auf einmal nicht mehr allein. Da konnte ich das einmal aussprechen, von der Kälte, vom Erfrieren, vom Stürzen ins Bodenlose. Da konnte ich ein Dutzend Taschentücher nassheulen und durfte das, das war nicht peinlich. Da wusste jemand, wovon ich rede. Da wussten alle, wie das ist.

Dort lernte ich jemand kennen, der mir half, wieder aufzutauen, der mir klar machte, dass ich Gott verfluchen darf, dass ich schreien darf, dass all das sein darf. Dass ich sein darf. Dass ich mich den anderen zumuten darf. Und ganz langsam, Schritt für Schritt, durfte ich aus der Hölle wieder raus, durfte wieder hinaufsteigen zu den

Lebendigen, in die Wärme, ins Licht. Eine andere Mutter dort hatte gesagt: Du hast sieben Jahre Zeit, dies alles zu verarbeiten. Ich habe sie gebraucht.

Ich bin wieder lebendig geworden. Ich lebe gern und kann mich freuen. Aber die Hölle werde ich nie vergessen.

Regine Jäckel

Mein kleiner Drache

Meine Ehefrau und ich hatten uns einen Urlaubstraum erfüllt und mehrere Wochen Sommerferien in einer kleinen Hütte im Saimaa, dem Seengebiet in Südostfinnland, verbracht.

Schon die Ankunft war ein unbeschreibliches Erlebnis. Die überwältigende Ruhe, die uns sofort umfing; die Hütte lag an einer wunderschönen, waldreichen kleinen Bucht. Das Wasser wimmelte von kleinen Fischen und war glasklar. Es lud zu jeder Zeit zu einem erfrischenden Bad ein.

Ich unternahm sogleich eine kleine »Inspektionsreise«, es war alles sehr sauber; lediglich an einer Stelle hinter dem kleinen Häuschen lag ein achtlos weggeworfener Plastikbehälter, der wohl zuvor irgendwelche Lebensmittel enthielt. Und da sah ich auch schon die schlimme Bescherung: Der Behälter war mit Regenwasser halb voll gelaufen und in ihm schwamm verzweifelt eine Eidechse, ein Weibchen der Waldeidechse. Das Tierchen war offensichtlich in den Plastikbehälter hineingefallen und konnte nicht mehr herauskriechen. Die Eidechse war sichtlich am Ende ihrer Kräfte. Wie lang mag dieses kleine Wesen dort schon um sein Leben gekämpft haben?

Vorsichtig nahm ich das Tierchen, das sich kaum wehrte, aus dem Behältnis und setzte es auf meine Hand. Dort blieb es zunächst »breitbäuchig« sitzen und genoss die Wärme. Auch als ich die kleine Eidechse streichelte, machte sie keine Anstalten zu fliehen. Sie schaute mich mit großen Augen an und blieb. Später setzte ich die kleine Echse an das Seeufer auf vorgewärmte Holzplanken. Dort verschwand sie dann.

Wie groß war jedoch meine Überraschung am nächsten Morgen, als ich »meine« Eidechse genau auf diesen Holzplanken wiedersah. Mein Erstaunen wuchs noch mehr, als ich mich zu diesem Tierchen hinunterbeugte und mit ihr in der gleichen Sprache wie am Vortage redete; die Eidechse machte nicht die geringsten Anstalten davonzulaufen und schaute mich wieder nur groß an. Schließlich dachte ich mir, dass die Eidechse auf Grund ihres Überlebenskampfes vielleicht größeren Appetit hatte und besorgte ihr kleine Insekten, die ich »genüsslich« vor ihr krabbeln ließ. Die Freude auf Seiten der kleinen Echse war riesig und der Appetit auch; alsbald fraß mein »Drachen« mir jedenfalls aus der Hand ...

Diese kleine Eidechse war den gesamten Urlaub über unser ständiger Mitbewohner, und sie vertraute mir – und nur mir, dies konnte sie sehr wohl unterscheiden – vollkommen. Dieses kleine Wesen hat sein Leben in meine Hände gegeben und hat es mir auf seine Weise gedankt.

Klaus Janssen

An meine Vermieterin

17. Oktober im Horstweg 4,
was war geschehen heute hier?
Ich hatte nur nach wenigen Stunden
den Hinterhof so vorgefunden,
dass all die wunderschöne Pracht,
der Dschungel, der ihn grün gemacht,
der Wein, der hohe Wände belaubte
und Atmosphäre schaffte, von der ich glaubte,
kein anderer Hinterhof wär' schöner ...
Was ist geschehen heut hier
am 17. Oktober im Horstweg 4?

Oh, du mein Wein und ihr lieben Pflanzen,
was haben sie mit euch gemacht?
Zerstückelt liegt ihr da im Ganzen
und könnt im Winde nicht mehr tanzen,
was haben sie mit Euch gemacht?
Die Wand so kahl und nur noch Reste,
die zeugen von dem Attentat,
das heut' zerstörte eure Äste,
sie wussten wohl kein'n andern Rat.

Und auch der Boden kahl geleckt,
nur einige Zweige, wie gesteckt,
die ziellos in den Himmel ragen,
was mögen sie sich heut' wohl fragen,
wo ihres Lebens ganze Pracht,
mit einem Mal dahingerafft.

Die düstre Kargheit sie bedeckt,
mein Herz, was voller Freude war,
an all dem Glück, was mir geschenkt,
in meinem ersten Mieterjahr.
Wo kann ich meine Tränen stillen
und wie auch diesen Schmerz versteh'n,
als wär ein Stück aus meinem Innern
zerstört wie ihr und müsste gehen.

Beim Lernen oft die Blicke schweiften
durchs Fenster in dies Stück Natur;
sie fanden Ruh', Gedanken reiften
und gaben Kraft zum Leben pur.
Der Wind, er ließ so manche Wellen
durchs Laub dort ziehen, mild und zart;
drin saßen oft die kleinen Gesellen
und zwitscherten ihr Lied apart.
Nun fliegen sie verwirrt, verstört
und suchen ihre Nester.
Ich habe sie so gern gehört
und hielte sie gern fester.

Gerade jetzt zur Herbsteszeit,
wo bunt die Blätter sich färben,
da nahm man uns die große Freud
und ließ sie einfach sterben. –
Und statt des Weinlaubs leuchtend rot
wirkt nun der Stein fast leblos, tot.

Es bleiben die Erinnerungen
und Reste auf der Häuserwand,
die uns von dem noch was bekunden,
was als Oase hier bestand.

Nur eines kann mich heut noch trösten,
wenn ich in diese Leere schau,
dass die Natur will weiterleben
und da im ewiglichen Streben
vermehrt und wächst – und auch ich bau'
auf die Vermieterin und ihr Wort,
zu suchen nach Ersatz vor Ort,
da, wo die Lücken sie geschlagen,
bald wieder neue Pflanzen ragen,
die für uns sind die grüne Lunge.
Das wünscht sich Anna-Elisabeth Junge.

Anna-Elisabeth Junge

Kostenlos und unverbindlich

Es begann mit dem blauen Kaffeeservice.

Meine Mutter hatte es im Schaufenster unserer Lokalredaktion der »Sächsischen Zeitung« gesehen und wollte es unbedingt haben. Bedingung: Sie musste einen neuen Abonnenten für die Zeitung werben. Ihr Opfer hatte sie auch schon bald ausfindig gemacht – mich!

Ich war erst wenige Monate zuvor in die Nähe meiner Eltern gezogen. Nach achtjähriger, ziemlich freudloser Ehe hatte ich es im März 2001 endlich geschafft, meinen Mann zu verlassen. Ich floh eines Nachts mit zwei Kindern und einem uralten, kaputten Golf, den ich bis unters Dach mit Bettzeug, Spielsachen und den nötigsten Kleidungsstücken vollgepackt hatte. Mit sechs Stühlen, einer alten Couch und einigen geborgten Möbelstücken, Matratzen und Hausrat zog ich in meine erste eigene Wohnung.

Die ersten Wochenenden verbrachte ich oft bei meinen Eltern und schmökerte dort gern in der Zeitung herum, da ich selbst noch keine hatte. Meine Mutter legte mir fürsorglich immer den Annonceteil, Rubrik »Ehewünsche und Bekanntschaften«, hin. »Nee, Mutti,« sagte ich jedes Mal, »da hab' ich wirklich keine Lust drauf. Nicht noch mal das Theater!« Mutter sah das ganz anders. »Es gibt auch andere Männer!«, meinte sie. »Du kannst es doch einfach mal versuchen, so ganz unverbindlich! Es kostet dich ja nichts!« – Kostenlos und unverbindlich! »Nee!«, erwiderte ich mit Nachdruck. Ich war geheilt. Und überhaupt: Eine Annonce? Ich? Das kam ja gleich gar nicht in Frage!

Aber dann entdeckte Mutter das blaue Kaffeeservice und brachte mir ein Anmeldeformular für ein Zeitungsabo mit. Das war etwa 14

Tage vor meinem Urlaub im Juli. Während ich mit dem Ausfüllen des Formulars kämpfte, stieß ich auf den Satz: »Bitte schicken Sie mir die Zeitung a) zum nächstmöglichen Zeitpunkt oder b) zum Wunschtermin ...«

»Bestell sie doch erst nach dem Urlaub, vorher lohnt es sich nicht mehr«, riet mir meine weise Mutter.

»Jetzt hast du mir einmal diesen Floh ins Ohr gesetzt, nun will ich sie auch sofort haben«, erwiderte ich und kreuzte a) an. Wie so oft, hörte ich mal wieder nicht auf meine Mutter. Und das hatte Folgen.

Am Mittwoch, dem 4. Juli, erhielt ich die erste Ausgabe und las sie von hinten nach vorn durch, das mache ich immer so. Am Donnerstag ebenso und am Freitag. Am Samstag hatte ich Halsschmerzen und Fieber. Müde und lustlos schleppte ich mich durch den Tag. Als ich die Kinder endlich ins Bett gelegt hatte, fiel ich erschöpft auf die Couch und nahm mir die Zeitung samt Wochenendbeilage vor. Dabei stieß ich unweigerlich auf die Bekanntschaftsanzeigen, die ich aus lauter Langeweile überflog. Eineinhalb Seiten voller Annoncen, und eine öder und einfallsloser als die andere. Dann blieb ich an einer Annonce hängen, die so ganz anders war als die anderen:

»Ich suche keine Putze oder Köchin, sondern eine Frau zum Leben, Lieben, Teilen und Genießen! Junger Steinbock im 35. Lenz, 176 cm, sportl.; viels. int., kinderlieb, auch häuslich, NT, NR, im Gesundheitswesen tätig, su. nach Absturz jemanden, der ihm die Hörner wieder geradebiegt! Bild wäre nett – keine Bedingung! Versuch's doch einfach!«

Versuch's doch einfach! Mein Interesse war geweckt, und ich erwischte mich sogar bei dem Gedanken, dass ich ... Aber nein, ich war ja geheilt von all diesen Dingen!

Kurz darauf rief mich meine Mutter an: »Schlag mal schnell die Zeitung von heute auf, Seite soundso, rechte Spalte, ziemlich in der Mitte: ›Ich suche keine Putze oder Köchin, sondern eine Frau zum Leben, Lieben, Teilen und Genießen ...‹ Das wäre doch was für dich!«

»Nee, Mutti, das mach' ich nicht!«, wehrte ich ab. »Wer weiß, was ich mir da wieder einhandle, und ich habe doch die Kinder und überhaupt ...« Ich spulte meinen Ausredenkatalog herunter, Mutter wurde noch ihren Spruch mit »kostenlos und unverbindlich« los und damit war das Thema gegessen. Dachte ich.

Am Sonntag kramte ich wieder die Zeitung hervor, um die Annonce zu lesen. Sie war wirklich gut!

»Versuchs doch einfach!« Und ich beschloss, es zu versuchen. Kostenlos und unverbindlich.

Da saß ich nun am Tisch und brütete. Ich hatte eine Chiffrenummer, ein Blatt Papier, einen Stift – und keine Ahnung, wie es weitergehen sollte!

Und dann schrieb ich einen Brief, auf den ich richtig stolz war. Ich schrieb von mir, wie mir der Schnabel gewachsen war – lockerflockig, ehrlich, mich selbst aufs Korn nehmend. Und dass ich mir einen Mann wünsche, mit dem ich über alles reden, aber auch herumalbern und Blödsinn machen kann. Dann steckte ich den Brief zusammen mit einem Foto in einen Umschlag, den ich aus einem Kalenderblatt gebastelt hatte (er war gerade noch übrig). Mutter »borgte« mir eine Briefmarke – die ich ihr heute noch schulde – und brachte den Brief für mich zum Briefkasten. Das war am Dienstag.

Am Freitagabend packte ich die Sachen für den Urlaub zusammen und war so beschäftigt, dass ich weder an die Annonce noch an meinen Brief dachte. Ehrlich gesagt, rechnete ich auch gar nicht mit einer Rückmeldung. Der ruft sowieso nicht an, dachte ich. Schließlich habe ich zwei Kinder. Das schreckt viele ab.

Ich schob eine CD ein, goss mir mein Weinglas voll und machte es mir mit einem Buch auf der Couch gemütlich, als das Telefon klingelte. Ich glaubte, es wären meine Eltern, und nahm völlig emotionslos ab.

»Guten Abend!» sagte die erotischste Männerstimme, die ich je gehört hatte. »Sie haben auf meine Annonce geschrieben!«

Mir schlug das Herz bis zum Halse. Gleichzeitig teilte mir mein Telefon mit permanentem Piepton mit, dass der Akku leer war. Auch das noch!

Das Telefon hielt durch – 50 Minuten lang! Und es war auch noch fit genug für einen kurzen Anruf bei meinen Eltern, denen ich alles sofort erzählen musste.

In den folgenden Tagen schwebte ich mindestens einen halben Meter über dem Erdboden. Zu meiner eigenen Verblüffung stellte ich fest, dass ich mich in eine Stimme verliebt hatte! Von meinem Urlaub bekam ich nicht besonders viel mit. Die neun Tage zogen sich hin wie Kaugummi; ich konnte das Ende kaum abwarten, denn danach wollten wir uns persönlich kennen lernen.

Am 24. Juli war es soweit. Wir hatten uns für 11 Uhr am Parkhaus verabredet. Ich stand da mit meinem Rucksack und den Wanderschuhen in der Hand und die Gedanken wirbelten nur so durch meinen Kopf.

Wie wird er aussehen, fragte ich mich immer wieder. Meine hässlichste Vorstellung war ein Mann mit Bart und Brille. Bitte nicht!Und dann stand Sven vor mir. Er sah unheimlich gut aus. Er hatte einen Bart. Und er trug eine Brille.

Wir verbrachten einen unvergesslichen Tag in der Sächsischen Schweiz. Unterhielten uns über Gott und die Welt und alberten herum wie die Teenager. Es war keine Sekunde langweilig. Am Schluss hatten wir beide schwere Beine und Schmetterlinge im Bauch, die sich sehr schnell zu Düsenjets entwickelten.

Fünf Tage später wollten wir uns wiedersehen. Daraus wurde nichts. Wir sahen uns schon am nächsten Tag, dem 25. Juli, und am 27. , am 29. und am 30. und 31., und am 1. August, am 3., 4., 5. ...

Wir sind seit fast zweieinhalb Jahren zusammen und kriegen noch immer nicht genug voneinander. Jeder 24. Juli ist bei uns ein Feiertag. Und der 25. auch. Und der 27. und 29., und überhaupt ist jeder gemeinsame Tag ein Festtag. Wir blödeln immer noch genauso herum wie am Anfang. Und die Kinder blödeln mit. – Ach ja – meine Mutter hat ihr blaues Kaffeeservice übrigens bekommen. Kostenlos. Und unverbindlich!

Christiane Kaanen

Der stumme Winzel

Ich hatte mein Lehrerinnenexamen bestanden und ging jeden Morgen mit Freude zur Schule. Unter meiner Zuwendung, davon war ich überzeugt, würden sich alle auftauchenden Schwierigkeiten meiner Schüler in schillernde Seifenblasen verwandeln. Die Kinder mochten mich, erzählten viel, waren mehr oder wenig lebhaft am Unterrichtsgeschehen beteiligt und hatten in den Pausen auf dem Schulhof ihre gemeinsamen Freuden oder auch Nöte. Alle – bis auf Fritz, Fritz Winzler, von allen Kindern »der Winzel« genannt. Was alles hatte ich schon unternommen, um ihn zum Reden zu bewegen, ihn aus seiner Außenseiterrolle zu locken! Aber die Gespräche mit den Eltern blieben ebenso erfolglos wie die mit den Kollegen, an die ich mich Rat suchend wandte. Ich setzte Fritz zu dem stillen Peter, neben den lebhaften Günter oder die kluge Petra, stellte ihn auf dem Schulhof mit in die Reihe der Wettläufer, in die der Seilspringer. Ohne Erfolg. Fritz lächelte freundlich, wandte sich ab und begab sich in seine Lieblingsecke unter die Bäume, um den Wolken zuzuschauen oder die Rinde der Baumstämme abzutasten.

Seine schriftlichen Leistungen ließen nichts zu wünschen übrig. Er begriff und lernte problemlos, erledigte seine Aufgaben schnell und ordentlich. Der Aufforderung aber, etwas von sich zu erzählen, wonach die übrigen Kinder sich geradezu drängten, dieser Aufforderung kam er nicht nach. Er lächelte nur freundlich und blieb stumm. Seinen Aufzeigefinger sah ich nie. Forderte ich dennoch eine Antwort von ihm, so kam sie prompt, karg, aber eindeutig, eine Leistung, die ich bewunderte. Warum nur wollte es mir nicht gelingen, ihn zu integrieren? Manchmal strich ich über seine blonden Haare, die kreuz und quer wie borstige Widersacher in die Luft ragten, hob seinen Kopf an, um das aufkeimende Lächeln in seinen blauen Augen zu beobachten, was meine Schuldgefühle hinsichtlich meines offensichtlichen Versagens in Bezug auf seine Person ein wenig minderte. So auch an jenem denkwürdigen Tage, an dem sich eine Tür öffnete, eine Tür zum Klassenzimmer, aber auch eine, die mich aus dem starren Gedankengebäude befreien sollte, das mich im Laufe meiner Ausbildung mehr und mehr gefangen genommen hatte. Fritz im Blick, stand ich wieder seufzend ob meines Versagens vor der Klasse, die gerade mit einer schriftlichen Arbeit beschäftigt war, als ich aufhorchte. Irgend jemand musste draußen stehen. Es schabte und kratzte, und die Türklinke bewegte sich andeutungsweise nach unten. Noch bevor ich mich aber auf den Weg machte, um zu schauen, wer da Einlass begehrte, öffnete sich die Tür. Ein grauer, wuscheliger Kopf schob sich herein, und kurz darauf stand so etwas wie eine ausgewachsene Schnauzerpudelmischung im Klassenraum, die nach kurzem schnupperndem Zögern Kurs auf die vordere Bank zu Fritz nahm. Natürlich blieb das Erscheinen des Hundes den Kindern nicht verborgen. Da mein eigenes Erstaunen aber einige Sekunden Vorsprung hatte, gelang es mir, früh genug den Finger auf den Mund zu legen, was damals noch als eindeutiger Befehl zu absoluter Ruhe verstanden und sogar befolgt wurde. So ließ ich es geschehen, dass der Graue neben der ersten Bank stehen blieb, kurz bellte und dann nach einem auffordernden Nicken von Fritz auf dem freiem Stuhl neben ihm Platz nahm. Fritz klopfte ihm aufmunternd und lächelnd den Hals und richtete dann seine Aufmerksamkeit wieder seiner Arbeit zu. »Wir haben einen Neuzugang«, sagte ich lächelnd. »Wir müssen uns ruhig und freundlich verhalten, um ihn nicht zu verängstigen. Ich weiß, dass ihr das könnt.« Ich ließ die Hefte weglegen und begann eine Geschichte vorzulesen. Die Geschichte von einem Blindenhund. Der Graue saß derweil kerzengerade neben Fritz vor mir. Eins seiner spitzen Ohren war nach unten geklappt, das andere stand aufrecht. Immer dann aber, wenn ich meine Stimme beim Vorlesen anhob oder lauter wurde, richtete er auch das andere Ohr auf, bellte kurz oder begann leise zu knurren. Wandte Fritz sich ihm daraufhin aber beruhigend zu, knickte das Ohr sofort wieder ein, das Bellen und Knurren verstummte. So ging es zwei Seiten lang. Als ich das Buch zuklappte, sprang der Graue vom Stuhl, reckte und streckte sich ausgiebig gähnend mit vorgespreizten Vorderbeinen und wandte sich dann mit zwei kurzen Bellern wieder an Fritz. Der stand auf, packte ihn am Halsband, brachte ihn nach draußen und kam nach einer Weile alleine zurück.

»Fritz, ist das dein Hund?«, fragte ich. »Ja.«

»Wie heißt er denn?« »Welf.«

»Ist er heute von zu Hause ausgebüchst?« »Ja.«

»Macht er das öfter?« »Ja«

»Hast du ihn jetzt nach Hause geschickt?« »Ja.«

An diesem Punkt der anregenden Unterhaltung öffnete sich zum zweiten Mal an diesem Vormittag ohne vorheriges Anklopfen die Tür. Diesmal schob sich der graue wutschnaubende Kopf des Hausmeisters herein, am Halsband hinter sich herziehend Welf mit eingeklemmtem Schwanz und erbärmlich jaulend. Bevor ich oder der pflichtbewusste Schulhaushüter aber noch etwas sagen konnte, war Fritz schon aufgesprungen, zur Türe gerannt und hatte seinen Hund aus den Händen dieses Barbaren befreit. Zornrot stand er vor dem von allen Kindern wegen seiner Unerbittlichkeit und Strenge gefürchteten Mann. »Lassen Sie sofort meinen Hund in Ruhe!«, schrie er aufgebracht. »Ich habe ihn aus dem Tierheim befreit. Er erholt sich jetzt von seinen Schrecken. Er will nicht, dass ich weggehe. Wenn ich weggehe, dann sucht er mich. Heute hat er mich gefunden. Da kannst du mal sehen, wie klug er ist. Wenn du jetzt böse zu ihm bist, dann bekommt er wieder neue Angst, und dann war alles umsonst!«

War das wirklich Fritz, der diese flammende Rede hielt? Selbst der jetzt so Beschimpfte schwieg einen Augenblick verdutzt und schaute unsicher in die Runde. Ich fasste mich als Erste, öffnete die Tür, um den Hausmeister freundlich lächelnd, aber bestimmt zu entlassen. Dann gebot ich Fritz wieder Platz zu nehmen und die Geschichte von Welf zu erzählen. Und Fritz erzählte. Mit seinem Hund an der Seite erzählte er voller Inbrunst und Bewegung seine Begegnung mit Welf im Tierheim und seine Erlebnisse mit ihm in den ersten Wochen zu Hause. Das alles schilderte er so anschaulich und farbig, dass einige Kinder Tränen in den Augen hatten und anschließend alle nacheinander kamen, um Welf zu streicheln. Fritz ließ sie gewähren und erlaubte fortan jedem Kind, einmal den Ehrenplatz neben sich einzunehmen, den Platz, auf dem Welf gesessen hatte. Welf, der aus dem Tierheim Befreite, war nun seinerseits zum Befreier geworden.

Christel Kehl-Kochanek

Ottos Lektion

Als mein Mann Otto noch lebte, machten wir regelmäßig Spaziergänge in der hügeligen, bewaldeten Landschaft direkt vor den Toren Tögings. Mein Mann liebte es, Stiefel zu tragen, die fest geschnürt dem Fuß Halt geben, wie er stets betonte. Ich fand Stiefel für mich derb und schwer. Fürs Gebirge waren sie gut, aber um bequem und leichtfüßig durch die Gegend zu schlendern, reichten doch auch Slipper aus, so meinte ich oder so gab es mir die Eitelkeit ein.

Ich lebte schon einige Jahre allein, als ich mit Tochter, Schwiegersohn und Enkelbübchen, das damals noch im Sportwagen gefahren wurde, einen Spaziergang in den nahen Feldern unternahm. Natürlich war ich wieder in Slipper geschlüpft, nicht mehr die jüngsten, eher schon ein wenig ausgelatscht.

Überraschend schnell zog eine Gewitterwand auf, die bald die Sonne verschlang und erste Blitze zur Erde schickte. Augenblicks machten wir kehrt, große Eile war geboten. Die jungen Leute, auch aus Sorge um das Kind, legten sich mächtig ins Zeug und gaben ein Tempo vor, dass ich völlig außer Atem geriet. Wir befanden uns schon in Reichweite des schützenden Hauses – da passierte es: Der Fußweg war an dieser Stelle von unzähligen Eicheln übersäht. Durch einen unglücklichen Schritt knackste mein linker Fuß um, ich verlor den Halt und den Schuh und stürzte mit voller Wucht vornüber auf den harten Asphalt.

Und da geschah das Wunder. Ich spürte von alledem nichts. Stattdessen sah ich mich in eine dichte Nebelwand eingehüllt, die mir das Gefühl gab, mich in weiche Wolkenkissen zu setzen, während ich von unsichtbaren Armen gehalten wurde. Ich hörte nichts und hatte jegliches Zeitempfinden verloren, bis die Nebelwand durchlässig wurde und ich den ausgestreckten Arm meines Schwiegersohnes erkannte, seine Hand ergriff und wieder auf beiden Beinen stand. Die Nebelwand war verschwunden und ich war mit allen Sinnen in die Welt zurückgegeben. Tief erschrocken über diesen Sturz befürchteten die jungen Leute schlimmste Verletzungen. Aber es fehlte mir nichts, absolut nichts. Ich hatte keine Prellungen, nicht die kleinste Schramme, nicht einmal ein Zittern der Beine davongetragen. Ich konnte es nicht fassen und eine warme Welle der Dankbarkeit überflutete mich.

»Das war Otto«, sagte ich leise zu mir. »Er hat mich gerettet und wollte mir eine Lektion erteilen: Liebe Frau, zieh festes Schuhwerk an, wenn du spazieren gehst.«

Dieses wunderbare Erlebnis war ein Gruß aus einer anderen Welt und erfüllt mich noch heute mit großem Staunen.

Elisabeth Kinberger

Nachhilfe beim Heiligen Geist

In den Sechzigerjahren waren in Sachsen Konfirmation und Jugendweihe in ein und demselben Jahr nicht möglich. Deshalb wurde ich erst statt im achten, wie es üblich war, im neunten Schuljahr konfirmiert. Ich ging darum im achten Schuljahr auch nicht in die Konfirmandenstunde. Und weil ich also dem Konfirmandenunterricht fern blieb, ging ein anderes Mädchen aus unserer Klasse dorthin. Mir reichte es schon, sie in der Schule zu sehen. Sie konnte mich offenbar nicht leiden, was mittlerweile auf Gegenseitigkeit beruhte. Ihre Art, mir zu begegnen, konnte mir glatt den ganzen Schultag verderben.

Nun kam der Tag ihrer Konfirmation. Meine Eltern hatten ein Geschäft in unserem Dorf. Es war üblich, dass sie allen Konfirmanden ein kleines Präsent schickten und dass ich als Kind diese austragen musste. Meine Lust dazu war gleich null. Ich kannte meine Eltern und wusste, dass jede Diskussion zwecklos war. Bei ihnen wurden stets alle Kunden freundlich bedient, auch die unsympathischen. Ich machte mich also auf den Weg, um die Sache möglichst schnell hinter mich zu bringen. Angesichts der unerfreulichen Aufgabe beschloss ich, mich auf dem Wege mit positiveren Gedanken zu befassen. Ich begann darüber nachzudenken, was bei der Konfirmation wohl geschieht. Es musste schon etwas Besonderes, Heiliges sein, da es nicht so einfach zu haben war. Ob dabei wohl der Heilige Geist wirkte? Ob danach irgendetwas anders war als zuvor? Vom Kind zu den Erwachsenen aufgenommen wurde man auch bei der Jugendweihe, hier musste also noch etwas anderes im Spiel sein.

Am Ziel ankommen, wollte ich mit den Worten »Guten Tag, ich soll das abgeben!« das Päckchen abgeben und das übliche dafür bereitgehaltene Kuchenstück in Empfang nehmen. Aber so schnell ließ man mich nicht weg.

Meine Klassenkameradin war hoch erfreut, nahm das Geschenk wie etwas Besonderes, fragte mich, welche Torte ich gerne esse und lief in den Keller, um sie mir heraufzuholen. Ich war von diesem Verhalten völlig überrascht. Wie konnte es zu dieser plötzlichen Veränderung kommen? Hier musste der Heilige Geist gewirkt haben. Und ich freute mich, dass es ausgerechnet zu meinen Gunsten geschehen war.

Anders als ich gekommen war, lief ich froh und getröstet nach Hause. Die alte Feindschaft gab es seit diesem Tag nicht mehr, sie war für immer beendet. Erst viele Jahre später begriff ich, dass an diesem Tag auch bei mir der Heilige Geist gewirkt hatte, damit ich dies alles so erkennen konnte.

Uta Köstler

Adam, wo bist du?

Damit meine Tochter etwas Zeit für sich hätte, nahm ich ihr manchmal für ein paar Stunden ihre drei Kinder im Alter von zwei, drei und fünf Jahren zur Betreuung ab. Sie gingen gerne mit mir spazieren, am liebsten auf den nahe gelegenen Friedhof. Dort war es schön ruhig. Es gab Sitzgelegenheiten, und ich sollte ihnen Geschichten erzählen.

Einmal saßen wir am Gehweg auf einer Bank. Der kleine Moritz schlief im Wagen, Tabea saß links und Sebastian rechts von mir. »Nun erzähl uns was!« – »Ja, aber ihr müsst schön ruhig sitzen bleiben, denn gegenüber unserer Bank ist heute eine Baustelle – da geht's steil runter und ihr könntet sonst in ein tiefes Erdloch fallen.«

Ich erzählte vom Paradies und dass Gott verboten hatte, vom Apfelbaum zu essen, vom schlechten Gewissen der ersten Menschen und dass sie sich am liebsten im Garten Eden versteckt hielten.

Sebastian und Tabea rückten ganz nahe an mich heran und suchten meinen beschützenden Arm. Sie hatten bereits Erfahrungen in ihrem kurzen Erdenleben gemacht mit Verboten und kleinen Ausredelügen. Sie fühlten Mitleid und Angst mit den beiden im Paradies.

Ich holte Luft und stellte meine Stimme gottvaterähnlich tief: »Adam, wo bist du?« Dann rief ich noch lauter: »Adam, wo bist du? Warum versteckst du dich vor mir?«

Ich vernahm die klopfenden Kinderherzen neben mir. – Die Geschichte ging nicht mehr weiter, denn wir sahen plötzlich, wie gegenüber unserer Bank zwei Männer, Arbeiter, die eine neue

Gruft auf dem Friedhof aushoben, langsam in die Höhe kamen, mit sehr erstaunten Augen über den Wegrand guckten und nach der unheimlichen Stimme suchten.

Später werde ich diese Begebenheit meinen Enkeln ins Gedächtnis rufen. Aber auch für mich gilt's, darüber nachzudenken: Mensch, wo bist du? Wo stehst du? Warum versteckst du dich?

Brigitte Kratzenstein

Der gerettete Koffer

Vor einiger Zeit räumte ich unseren Speicher auf. In einem Schrank unter alten Zeitschriften entdeckte ich einen kleinen braunen Koffer. Mein Koffer aus Kindertagen. Er sah schon reichlich mitgenommen aus. Als ich ihn öffnete, konnte ich deutlich die Spuren sehen, die sein Bad im Main vor über vierzig Jahren hinterlassen hatte. Ich setzte mich erst einmal hin und hing der Erinnerung nach.

Ich war ungefähr sechs Jahre alt und durfte die Ferien bei meinen Großeltern verbringen. Schon die Abreise versprach viel Spaß: Mein Großvater, Onkel Ruprecht und mein Cousin Hans, der ein Jahr älter war als ich, holten mich zu Hause ab. Sie kamen mit dem Traktor, an den zwei Wagen angehängt waren, hoch mit Holz beladen. Mein kleiner Koffer wurde auf dem Holz festgebunden. Hans und ich teilten uns den Sitz über einem der großen Hinterräder, Großvater saß uns gegenüber und Onkel Ruprecht fuhr das Gespann.

Schwer beladen fuhren wir an den Main, um mit der Fähre ans andere Ufer überzusetzen. Damals gab es noch viele Fähren am Main. An den Ufern standen dicke Masten, ein mächtiges Stahlseil war darüber gespannt und an einer Rolle lief die Fähre von Ufer zu Ufer.

Die Fähre lag auf unserer Uferseite und der Fährmann rief Onkel Ruprecht zu: »Du kannst schon auffahren.« Langsam setzte sich der schwere Zug in Bewegung und fuhr vorsichtig auf die Fähre. Niemand bemerkte, dass sich auch die Fähre in Bewegung setzte. Als jedoch die hinteren Räder des Traktors aufsetzen wollten, gab es einen stärkeren Schub. »Halt an!«, schrie der Fährmann.

Onkel Ruprecht riss an der Handbremse, Großvater sprang vom Sitz auf die Fähre hinunter, Hans und ich klammerten uns an der Rückenlehne unseres Sitzes fest. Die hinteren Räder hingen ins Wasser, der Traktor war in bedenklicher Schräglage und die beiden voll beladenen Wagen schoben unaufhaltsam weiter. Mein Großvater und der Fährmann waren kreidebleich und starrten auf das Unheil. Ruprecht sprang vom Traktor und riss Hans, der vorne saß, vom Sitz. Dabei flog dessen Hut vom Kopf und verschwand im Main. »Mein Hut ist weg!«, brüllte Hans. Das brachte auch wieder Bewegung in meinen Großvater. Er zerrte mich vom Sitz, im gleichen Moment versank der vordere Wagen im Main. Das Holz schwamm flussabwärts, auch mein Koffer war dabei. Ich weinte.

Hans und ich wurden in das Häuschen auf der Fähre gebracht. Es war winzig, an der Längsseite stand eine Liege, gegenüber bullerte ein Öfchen seine Wärme in den Raum, daneben ein Tischchen und ein Stuhl, mehr Platz war nicht.

Wir saßen auf der Liege und weinten. Hans um seinem neuen Hut, ich um meinen Koffer. Durch das Fenster in der Tür sahen wir, wie auch der zweite Wagen im Main versank. Die Fähre war mittlerweile bis zur Flussmitte getrieben worden. Niemand kümmerte sich um uns Kinder, so gingen wir irgendwann wieder auf die Fähre. Der Traktor war inzwischen mit einer dicken Kette gesichert worden, damit er nicht ins Wasser fiel. Die größte Sorge des Fährmanns galt dem Stahlseil, an dem die Fähre über den Main lief. Würde es den gewaltigen Druck aushalten?

Hans und ich kletterten auf eine Bank und schauten zu, wie das Holz den Fluss hinunter schwamm. Dabei vergaßen wir unseren Kummer. Das tanzende Holz, das sich manchmal ineinander verkeilte und dann auch wieder frei schwamm, beanspruchte unsere ganze Aufmerksamkeit. Leider wurden wir irgendwann vom Großvater entdeckt und wieder in das Fährenhäuschen zurückbeordert.

Durchs Fenster konnten wir sehen, wie sich die Fähre immer weiter vom Ufer wegbewegte.

Plötzlich ein Ruck und ein lautes Knirschen, wir waren auf der anderen Mainseite angelangt. Die Fähre wurde mit schweren Ketten am Ufer befestigt. Immer noch hing der Traktor mit den hinteren Rädern im Wasser. Von den beiden Wagen war nichts mehr zu sehen.

Am nächsten Tag mussten die beiden Wagen durch Taucher geborgen werden. Es war Ostersonntag, und die Schaulustigen standen dicht gedrängt zu beiden Seiten des Mains.

Mein Koffer wurde von einem Angler aus dem Wasser gezogen. Der Hut von Hans tauchte nicht mehr auf.

Gerda Kruczek

Ein Brahmane sucht mein Hörgerät

»Wo ist das Ohrpassstück? Spinne ich?« Seit 13 Jahren verbinde ich es jeden Morgen mit dem Hörgerät. Doch da liegen nur zwei Hörgeräte und ein Ohrpassstück. Ich krieche unter dem Moskitonetz hervor, setze die Brille auf: Tatsächlich, es fehlt, es liegt nicht mehr auf dem Nachtschrank. Ich habe es doch vor dem Schlafengehen hingelegt! Ich setze ein Hörgerät ein, der typische indische Straßenlärm dringt leise an mein Ohr. Keine Zeit verlieren! Ich schaue unter das Nachtschränkchen, in das Schubfach, auf das Kopfkissen, unter das Kopfkissen. Ich schlage die Bettdecke zurück, krieche unter das Bett. Nein, es ist verschwunden!

Mit hängenden Schultern finde ich mich auf dem Bett sitzend vor. Wie sollte diese Reise werden, auf die ich mich so gefreut hatte!? Als unerfahrene Studentin aus dem Osten mit schlechten Englischkenntnissen war es ein Glücksfall gewesen, eine Reise nach Südindien antreten zu können, um mit Lothar, einem erfahrenen Reiseführer, zu den Menschen vor Ort zu fahren. Und jetzt? Nur mit einem Hörgerät? Wie sollte ich mich unterhalten können? Das geht ja gut los, erst zwei Tage sind vergangen!

Bald würde mein Reisebegleiter mit Gopalan, dem Vorsitzenden einer indischen Organisation, kommen, damit wir in die Projekte fahren können, die Menschen mit Behinderungen unterstützen. Wenig später klopft es, beide treten ein. Gopalan – dieser hagere dunkelhäutige Mann. Im Vergleich zu anderen Indern hat er jedoch eine relativ helle Hautfarbe. Typisch für einen Brahmanen, dem Angehörigen der höchsten Kaste. Sein Bruder und sein Vater sind hinduistische Priester, er selbst ist ein Fachmann für gemeinschaftsorientierte Rehabilitation, die sich besonders bei den Projekten für behinderte Menschen in entlegenen Dörfern und Slums bewährt hat. Auch er hat – wie viele Männer in Indien – ein sauberes Hemd mit scharf gebügelten Falten an, die Füße stecken lediglich in leichten Sandalen. Sein pechschwarzen Haare sind korrekt frisiert.

Ich erkläre Lothar die Lage, er übersetzt.

»Ein kleines Nagetier? Hier im Hotelzimmer?« Höre ich richtig? Ja, es war ein einfaches billiges Hotel, doch dass ein Nagetier hier gewesen sein könnte? Das will ich mir lieber nicht vorstellen!

Wir suchen gemeinsam alles ab, vom Fensterbrett bis zum Bad. Nichts. Da entdeckt Gopalan, dass unmittelbar neben der »Dusche«, dort, wo eine Brause an der Decke ein Rinnsal von kaltem Wasser auf den Fußboden bildet, eine Tür ist. Auf dem Boden des dahinterliegenden Schachtes – da könnte das Ohrpassstück vielleicht sein. Gopalan geht ins Erdgeschoss und kommt ohne Ergebnis wieder. Ich habe aufgegeben. Ich rede auf beide ein, doch die Suche einzustellen. Dann packe ich meine Sachen. Doch Gopalan gibt nicht auf.

Was sehe ich da? Er hat die Tür neben der Dusche geöffnet. Dahinter: Stinkender Schmutz und Dreck, einfach eklig! Gopalan kniet auf dem Boden und sucht mit bloßen Händen in dem Dreck nach dem Ohrpassstück. Und siehe da: Er findet es.

Ein Brahmane, ein für mich noch wildfremder Mensch, für den ich nur eine kleine Studentin bin, wühlt für mich im Dreck.

Ich koche Wasser, und mit Shampoo wird auch das Ohrpassstück wieder sauber – und da sind auch Beißspuren eines Tieres zu erkennen! Später sollte ich so ein Tier, einer Ratte ähnlich, im Hof des Hotels sehen. Und dann sollte ich noch erleben, wie es ist, wenn Gopalan sich nicht scheut, nach behinderten Menschen selbst in entlegenen Dörfern zu suchen, egal, ob sie Aussatz oder Polio, eine Seh- oder Hörbehinderung haben.

Anne-Kristin Kupke

Er wird auf mich warten

War es Abenteuerlust, die meinen Freund und mich wenige Wochen nach dem Zypernkrieg in jenen Teil Zyperns trieb, der von der Türkei besetzt wurde? Ungewöhnliches haben wir nicht erlebt, bis auf eine Begegnung in einer kleinen Moschee am Rande einer Kleinstadt, die im Reiseführer als sehenswert beschrieben war.

Sehenswert war dann eine Gruppe von Männern, die einem alten Mann ehrfürchtig zuhörte. Bei näherem Zusehen entdeckten wir: Dieser alte Mann war ein Sheik – und später erfuhren wir, dass er aus Syrien stammte und dort der ranghöchste islamische Geistliche war. Nur zögernd näherten wir uns dieser Gruppe, bis der Sheik auf uns aufmerksam wurde und uns freundlich begrüßte.

Mit Wasser und Süßigkeiten wurden wir willkommen geheißen. »Au weh!«, dachte ich, als er mich nach meinem Beruf fragte. Ich erinnerte mich an all die Klagen, die ich über die Verfolgung von Christen im Orient gehört hatte.

»Ich bin katholischer Priester«, erwiderte ich tapfer. Er lächelte und nach einigen Minuten kam sein Vorschlag: Nun ja, er wisse auch nicht, ob alles genauso wäre, wie er sich das vorstellte, mit Allah, mit dem Tod, mit dem Himmel. Wir sollten uns zusammentun: Vor der Himmelspforte sollten wir aufeinander warten. Sollte er Recht haben, dann würde er mich mit zu Allah schleppen. Sollte ich Recht haben, dann sollte ich ihn mitnehmen in den christlichen Himmel. Mit einem Handschlag und mit einer weiteren Runde Wasser und Süßigkeiten wurde das Abkommen besiegelt.

Wie gesagt, es ist schon viele Jahre her, dass dieses Abkommen geschlossen wurde. Und ich bin überzeugt, dass er mittlerweile oben wartet, dass ich ihn mitnehme in den christlichen Himmel. Oder ist es doch anders?

Aber warten, davon bin ich überzeugt, warten wird er auf mich – so oder so, egal wie es ausgeht.

Heinz-Josef Lambertz

Tapferer Jonas

Es war bei einer Weihnachtsfeier der Kindertagesstätte. Ich begleitete unsere zwei Enkel, Jonas (vier Jahre) und Lorenz (erst zwei), weil die Eltern beide verhindert waren.

Als eine Geschichte verlesen wurde, war Jonas ganz Ohr, aber der Kleine wibbelte herum, rutschte dann blitzschnell von meinem Schoß und flitzte zur Tür hinaus. Ich bin gehbehindert und beeilte mich, das Kerlchen wieder einzufangen. Da ich stark hinke, sah das durch meine Eile wohl etwas ungewöhnlich aus. Auf dem Flur lungerte ein etwa acht bis neun Jahre alter Junge herum, den Geschichten offenbar nicht interessierten – ebenso wie Lorenz, den Entflohenen, der gerade in einem angrenzenden Raum verschwand. Der große Junge sah mich und schrie: »Gugge mol, wie die do laaft!«, und lachte für mich sehr unangenehm.

Inzwischen hatte ich den kleineren Enkel erwischt und wollte in den Flur zurück, als ich durch den Türspalt Jonas, den Vierjährigen, erblickte, der hinter uns hergekommen war. Er hatte den Lachanfall des großen Jungen offenbar mitbekommen, denn er ging mit heftigen Schritten auf diesen zu, schob ihn mit gespreizten Händen vor sich her bis an die Wand, merkte wohl erst dann, dass vier Jahre Unterschied sich auch in der Körpergröße auswirken und stellte sich auf die Zehenspitzen. Dabei presste er mit hochrotem Kopf den Satz heraus: »Du Doofer, wenn du *so* eine Oma hättest, dann dürfte die sicher auch hinken!«

Danach sackte er ein wenig zusammen, als ob er eine »schlagende« Reaktion erwarte. Der Junge aber, offenbar verdutzt, schob sich langsam an der Wand entlang unter den gespreizten Händen des viel Kleineren heraus und schlich in den Saal.

Diese kurze Szene hatte ich, den zappelnden kleinen Enkel unter dem Arm, beobachtet. Jonas merkte nichts davon. Er stand allein an der Wand, ließ mit ganz tiefem Atemzug die Hände sinken und ging dann langsam in den Saal zurück, wo er dann still und in sich gekehrt saß. Ich folgte ihm und war ungemein stolz auf meinen Enkel, der doch sonst gar nicht der zupackende Typ war.

Als ich ihm viel später einmal erzählte, dass ich das alles mitgekriegt hatte, war es ihm peinlich.

Morgen wird Jonas 18 Jahre alt, ich glaube, dass er – ohne viel Aufhebens um sich zu machen – seine tapfere Haltung bewahren wird!

Ilse Lay

Der fremde Vater

Ungefähr neun Jahre alt war sie. Und sie kam heim von einem dieser langen Schultage, die kein Ende nehmen wollen. Aber die unbeschwerte Fröhlichkeit des Heimkommens war schon lange dahin. Einem Gefühl von Beklommenheit war sie gewichen. Sie selbst hatte keine Erklärung für das, was vor sich ging. Sie wusste nur, dass ihr Vater sich verändert hatte. Beinahe unmerklich langsam war aus dem besten Vater der Welt ein Fremder geworden. Einer, der sich anders bewegte, der anders sprach, der nicht mehr in die Schule ging, um Chemie, Deutsch und Musik zu unterrichten. Einer, der schon lange nicht mehr Geige spielte und der scheinbar aus dem Nichts heraus zu brüllen und zu gestikulieren begann. Manchmal sah es aus, als wolle er zuschlagen. Einmal hatte er sie an der Schulter getroffen und es hatte lange wehgetan. »Lieber Gott, lass doch ein Wunder geschehen. Lass meinen Vater gesund werden. Ich weiß, dass du das kannst.« So betete sie immerzu. Aber Gott schien weit weg zu sein in jener Zeit.

Als sie kam, war ihr Vater damit beschäftigt, die Stachelbeeren aus dem Garten für die Einweckgläser fertig zu machen. Das war etwas, was er noch tun konnte. Er stand am Küchentisch. Ernst und still. Und er hatte sie wieder, diese zusammengekniffenen Lippen Sie wusste sofort, was das bedeutete. So war es immer – immer, wenn er zuvor getobt und geschrien hatte. Sie wollte sich zurückziehen und öffnete die Tür zum Wohnzimmer. Ihre große Schwester saß schluchzend mit zerknülltem Taschentuch im hölzernen Armstuhl und konnte sich nicht beruhigen.

So schlich sie sich davon, kletterte auf ihr Bett und zog die Beine an den Bauch. Ein nie gekanntes Gefühl von Traurigkeit und Zorn kroch in ihr hoch. Und plötzlich bestand dieses Gefühl nur noch aus Hass. Hass auf diesen Fremden in der Küche. Er hatte es wieder getan. Er hatte wieder die Beherrschung verloren und zugeschlagen. Wieso, wieso eigentlich durfte so etwas sein? Heute war es die Schwester, die er zum Weinen gebracht hatte, und morgen würde es jemand anderes sein. Keiner konnte sich vor ihm retten, keiner. Und plötzlich war er da, der Gedanke, den sie noch nie zuvor gehabt hatte, der ihr Angst machte und sie doch ganz und gar ergriff: »Es wäre besser, du wärst nicht mehr da. Ich hasse dich so sehr!« Eine Ahnung beschlich sie, dass sie gerade eine Grenze überschritten hatte, hinter die es kein Zurück mehr gab. Dieser Gedanke gehörte von nun an zu ihrem Leben. Dieser Gedanke und die Überzeugung, dass sie ihrem Vater das nicht vergeben würde. Das nicht!

Irgendwie ging er zu Ende, dieser Tag. Am Abend saßen alle um den Familientisch. Sie wusste, sie würde ihn nicht ansehen, kein Wort mit ihm reden. Heute jedenfalls nicht. Vielleicht nie wieder.

Aber die Schwester begann plötzlich zu erzählen. Sie habe am Nachmittag lange geweint, weil einer der Lehrer heute … Deshalb also hatte ihre Schwester geweint. Sie hörte nicht mehr weiter, was einer der Lehrer heute in der Schule getan haben sollte. Heiß und kalt wurde ihr. Ihr Blut pochte, das Herz raste. Sie sagte nichts. Einmal nur schaute sie verstohlen zu ihrem Vater hin. Der saß ganz ruhig da und aß sein Brot. Sie hatte das Gefühl, alle müssten zu ihr hinstarren und ihre abgrundtiefe Scham sehen, keiner sah etwas. Keiner nahm ihn wahr, ihren namenlosen Schmerz.

Sie aber glaubte, dass sie das niemals verwinden würde. Ein Leben lang nicht. Ein zum Himmel schreiendes Unrecht hatte sie begangen – einen Unschuldigen verdammt. Ausgerechnet ihn, dem sie ihre wundervollsten Kindheitserinnerungen verdankte. Aber das war gewesen, bevor die Krankheit gekommen war.

Die Krankheit, deren Namen niemand kannte. – Noch lange starrte sie mit tränenlosen Augen in die Nacht.

PS: Sie ist inzwischen beinahe 50 Jahre alt. Sie arbeitet als Familientherapeutin und weiß heute, dass Menschen mitunter doch mehr aushalten müssen, als sie ertragen können. Wenn sie daran nicht zerbrechen, ist es ein Wunder für sich. Ein Wunder, an dem Gott Menschen gern mitwirken lässt.

Lieselotte Leistner

Das Ei des Wundervogels

Meine rechte Hand holt weit aus. Den Grund? – Ich weiß ihn nicht mehr. Er ist nicht relevant – jedenfalls für mich. Für mich zählt nur, dass ich gerade dabei bin, ein Tabu zu brechen. Ein Tabu, das ich mir vor vielen Jahren auferlegt hatte. Damals, an dem Tag, als meine Mutter mich, wie so oft, mal wieder verdrosch:

»Du lügst!«, kreischt sie, während sie mich verzweifelt mit einer Hand festhält und mit der anderen auf meinen Po haut. Ich konzentriere mich, bloß jetzt nicht heulen, bloß nicht eingestehen, dass es mir wehtut. Den Gefallen will ich ihr nicht tun. Ein Indianer kennt keinen Schmerz. »Gib endlich zu, dass du die Mohrrübe gestohlen hast.« – Weitere Schläge treffen mich am Po und auch am Rücken, da ich versuche, mich zu entwinden. Ja, ich habe sie geklaut, aber das werde ich nie zugeben, schon deshalb nicht, weil ich es nicht verstehen kann, dass sie mich wegen einer einzigen Möhre verprügelt. Zusammen mit einer Freundin war ich an dem Gärtchen vorbeigegangen, kein Zaun, die Versuchung war groß, diese frühen zarten Möhren lockten uns, schnell zog ich eine aus der schwarzen Erde, wischte sie mit dem Jackenärmel sauber und aß sie sofort auf. Irgendjemand musste uns dabei beobachtet haben. »Das eine kann ich dir sagen« – Klaps auf den Po – »du lügst mich« – jetzt erwischt sie mich am rechten Ohr – »nicht wieder an!«

Ich kann mich losreißen, krabbele unter das Bett. Meine Mutter greift sich den Kleiderbügel, der am Schrank hängt. »Komm sofort raus«, keift sie, bückt sich, schaut unters Bett, versucht, mich mit dem Bügel zu treffen. Mit dem Ende erwischt sie mich. Ich beiße in meine Hand, um nicht aufzuheulen, quetsche mich in die äußerste

Ecke. Irgendwann beruhigt sie sich. Zitternd verschwinde ich unter meiner Bettdecke, kuschele mich ein und weine endlich lautlos in mein Kissen. Nie, das schwöre ich, nie werde ich meine Kinder schlagen. Nie werde ich sagen: »Du lügst!« – großes Indianer-Ehrenwort!

Dieses Tabu habe ich bis heute nicht gebrochen. Jetzt steh' ich in der Küche mit erhobener Hand, die auf meine jüngste Tochter hinuntersausen will. Meine Wahrnehmung hat sich verändert. Ich sehe die Hand, wie sie im Zeitlupentempo ihrem Ziel immer näher kommt. In mir tobt ein Kampf zwischen dem Reflex zuzuschlagen und dem Tabu, das ich mir gesetzt habe. Wenn ich ein einziges Mal, nur ein einziges Mal diese Hemmschwelle übertrete, werde ich es immer wieder tun, denke ich. So, wie die erste Fliege, die ich getötet hatte. Seitdem patsche ich alle Fliegen im Haus tot.

Meine Hand, sie senkt sich weiter, unerbittlich nähert sie sich dem Gesicht meiner Tochter, wie der Zeiger einer Uhr. Eine sonst zärtliche, sanfte Hand, die gerne streichelt, verwöhnt. – Ich will nicht schlagen.

Mir fällt das Vogelei ein, das ich als Kind unter meiner Achselhöhle ausbrüten wollte, weil ich irgendwo gelesen hatte, dass, wenn ich es dort ausbrüte, daraus ein Wundervogel wird. Das Ei zerbrach, darüber war ich sehr erschrocken. Ich hatte Leben zerstört! Ein Vogel, das war mehr als eine Fliege! Mehr Leben als eine Fliege? Wo fängt der Respekt vor dem Leben an?

Um einige Minuten ist sie weitergerückt, die Hand. Ich schaue meine Tochter an. Da steht sie vor mir, mit strubbeligem Haar, verschwitzt vom Toben draußen, vom Streiten. Es ist mir bewusst, dass ich dieses Vertrauen mit einem Schlag zunichte machen kann. Gerade eben noch stampfte sie selbstbewusst mit ihren kleinen Füßen auf den Boden. Doch jetzt? Sie sieht meine erhobene Hand, spürt, dass ich es ernst meine. Die Augen meiner Tochter weiten sich, ungläubig sieht sie mich an, ihr Mund steht offen.

Ich spüre, wie meine Hand abgebremst wird, aber es ist bereits zu spät. Der Reflex war stärker.

Gundula Lendt

Die versunkene Geige

Bis zum Abitur 1952 spielte ich Geige. Als ich dann in den Orden eintrat, war der Faden gerissen, einfach so. Noviziat und Studium folgten ohne Geige. So blieb es: Priesterweihe, erste Einsätze, alles ohne eine Geige. Als ich aber nach zweieinhalb Jahrzehnten in die norddeutsche Diaspora versetzt wurde, war sie wieder da, meine versunkene Geige, wie von selbst.

Von Lübeck aus nämlich galt es, im weiten Schleswig-Holstein mit den jungen Erwachsenen ins Glaubensgespräch zu finden. Kreuz und quer durchs ganze Bundesland. Ich empfand den starken Impuls: Etwas muss her, das den jungen Leuten in ihrer Vereinsamung Freude macht, aus dem angestammten katholischen Glauben ihrer verlorenen Heimat heraus Freude macht. Die Geige? Kaum, ich hatte alles verlernt. Aber durch sie hatte ich ein Verhältnis zu Noten gewonnen. Eine tägliche Viertelstunde dürfte genügen, auf ein anderes Instrument umzusteigen.

Nicht lange, da erklangen frohe Glaubenslieder, zaghaft von Gitarrenakkorden unterstützt. Manchmal waren es über 20 Gesprächskreise, weit verstreut im Land, die neu zu singen anfingen. Die Gitarre hatte das Erbe der Geige angetreten! Als sie unweit vom Kloster Nütschau nach einem Auto-Totalschaden unbeschädigt aus dem Wrack gehoben werden konnte, war sie nicht mehr aufzuhalten. Seit nunmehr 21 Jahren tut sie ihren schlichten Dienst. – Soll ich nun eher die Heilsökonomie Gottes preisen oder seinen Humor, dass er mich durch die Geige vorbereitete für einen Dienst in Schleswig-Holstein und nun seit drei Jahren in Göttingen? Er hat so seine Schrittmacher!

Karl Liesner S. J.

Ich möchte dein Hausmädchen sein

Mai 2000. Ich war soeben pensioniert worden und konnte nun meinen Träumen nachgehen. Sie führten mich zu unserer Partnerschule im südwestlichen Hochland von Tansania. Drei Wochen lang sog ich die Atmosphäre in mich hinein, die ja so anders ist als die bis dahin gewohnte.

Die Jungen sprachen mich schnell an. Es ging um Politik, Wirtschaft, Sport. Die Mädchen waren viel zögernder. Eines Tages fand folgender Dialog statt: »Hast du Kinder?«, fragte eine für ihre Kameradinnen mit. Meine Antwort: »Nein, ich habe keinen Mann, also auch keine Kinder.« Nächste Frage: »Wer macht denn dann deine Arbeit?« Ich: »Ich selbst. Aber das ist ja nicht so schwer, denn ich brauche kein Wasser und kein Feuerholz zu holen.« Diese Antwort war offensichtlich unverständlich, weil unvorstellbar. Das Mädchen fragte: »Hast du denn keine jüngeren Geschwister, die deine Arbeit tun können?« »Doch«, sagte ich, »aber die müssen für ihre eigenen Kinder sorgen.« »Ja, können denn diese Kinder deine Arbeit nicht tun?« Meine Antwort: »Aber die gehen doch in die Schule, die haben keine Zeit.« Plötzlich sagte ein anderes Mädchen: »Dann möchte ich dein Hausmädchen sein.«

Ein zweites Gespräch mit Mädchen ist bei mir hängen geblieben. Es ging um Schläge mit dem Stock auf die Hand bei geringen Disziplinverstößen, wie z. B. Zuspätkommen, unvollständige Schuluniform usw. Meine Abneigung dagegen wurde voll geteilt. Aber meinen Vorschlag, die Schläge durch dringend nötige Mathematik- und Englischübungen zu ersetzen, wurde von den Mädchen so beantwortet: »Da werden wir lieber geschlagen.«

Meine Erfahrungen in dieser so anderen Welt haben mich nicht losgelassen. Übermorgen darf ich zum zweiten Mal für drei Monate nach Tansania fliegen und dort in der Schule helfen.

Ich freue mich schon lange darauf.

Gertrud Limbach

Fünf Freunde im Brauhaus

Zwei Ehepaare haben im Frühjahr 2002 einen alten Freund zu einem Museumsbesuch in Bonn eingeladen. Mittags stellt sich, wie zu erwarten, ein gesunder Hunger ein. Der soll nun in einem der Lokale am historischen Rathausplatz gestillt werden. Einer von ihnen erinnert sich, schon einmal im Brauhaus gegessen zu haben. Also betreten die beiden Paare das Brauhaus, während der Freund noch Fassaden betrachtet. Was sie sehen, ist entmutigend. Alle Tische besetzt. Kellner eilen mit Bieren und Tellern vorbei. Einer von ihnen informiert die hilflos Suchenden: Es habe keinen Zweck, alles belegt!

Ihr Freund sieht, dass die Vier aufgeben wollen. Sein Motto aber lautet: Geht nicht, gibt es nicht. Also schaut er selbst im Brauhaus nach. Zielstrebig tritt er ein, sieht, dass alles besetzt ist, schaut in die Gänge links und rechts, kommt in immer tiefer gelegene Räumlichkeiten, bis er ganz am Ende an einem Tisch eine Bank findet, die noch Platz bietet. Wenn die anderen Gäste etwas zusammenrücken und die fünf entsprechend eng sitzen, müsste es gehen. Schon ist er wieder vor der Tür und ruft die anderen triumphierend zurück.

Man rückt und schiebt und tatsächlich finden alle Platz. Merkwürdig, zwei Glas Bier stehen schon bereit. Die gegenüber Sitzenden bedeuten, dass man darüber verfügen solle, und schnell sind weitere Biere da. Man prostet sich zu, von gegenüber klingt es »Salute«! Nun fehlt nur noch die Speisekarte. Blicke, Gesten, das Personal reagiert nicht. Es hat keine Augen für die Neuankömmlinge. Es ist laut in dem Gemäuer. Es wird besonders lebhaft und gestenreich gesprochen und gelacht. Auffällig an diesem Tisch: alles Italiener.

Am Nebentisch: ebenfalls Italiener. Und daneben, und dahinter und in dem ganzen riesigen Lokal: ausschließlich Italiener – bis auf die fünf.

Das Kellnerballett entfernt in zügigem Rhythmus die Suppenteller. Und während die fünf noch hoffen, eine Bestellung los zu werden, ahnen sie bereits, dass sie in die hier ablaufende Inszenierung nicht eingreifen können. Schon füllt sich Tisch für Tisch mit rheinischem Sauerbraten. Auch unsere fünf Freunde werden umtanzt und bekommen, ohne dass sie sich wehren können, einen Braten.

Noch wissen sie nicht, was sie von der Sache halten sollen. Welch eine Situation. Sie hat etwas Komisches, aber auch Unbehagliches. Sicherheitshalber wird alles aufgegessen. Nun zeigt sich auch, dass eine gewisse Verständigung mit den Italienern am Tisch möglich ist. Hier ein paar Brocken Englisch, dort ein Wörtchen Italienisch, auch Deutsch dabei, und die italienischen Tischnachbarn erfahren, dass die deutschen Gäste Spaghetti lieben und Italien schätzen, dass sie dort auch Urlaub gemacht haben, Venedig sowie Florenz kennen und bald auch Rom. Anders herum wird klar, dass die Italiener alle aus verschiedenen Städten stammen und eines gemeinsam haben: Sie sind alle Autohändler. Sie alle verkaufen Autos der Marke Toyota. Diese Firma veranstaltet an diesem Wochenende eine Tagung, an der ihre Händler aus ganz Europa teilnehmen. Sie essen nach Nationen getrennt, sämtliche Italiener also hier im Brauhaus, und die fünf Freunde sollen sich als ihre Gäste betrachten.

Sehr nobel! Aber hat man das wirklich alles richtig verstanden? Ein bisschen Unsicherheit bleibt.

Beim Verlassen des Lokals schließen sich die fünf ihren Gönnern unauffällig an, vermeiden es, Deutsch zu sprechen und sind darauf gefasst, dass einer mit einer Rechnung herantanzt. Ein solches Finale ist aber für die Kellner-Ballettgruppe nicht vorgesehen. Sie verbeugt sich freundlich, und fünf der Gäste atmen erleichtert auf.

Karl Heinz Lohrenz

Ronny, du fehlst mir

Als du zum ersten Mal an unsere Haustür kamst, wolltest du Geld. Du warst auf dem Weg in die Stadt, wie jeden Tag. Deine blau gefrorenen, zitternden Hände hieltest du ausgesteckt.Ich habe dich weggeschickt. Doch du kamst immer wieder, mit der Bitte um Milch oder ein paar Scheiben Brot. Am Anfang fühlte ich mich gestört von deinem Klingeln und gab dir nur widerwillig, was du wolltest, nur, um dich wieder los zu werden.

Nie nahm ich dich mit ins Haus, und nie versuchtest du dieses unausgesprochene Abkommen zu brechen.

Geduldig bliebst du vor der offenen Türe stehen, oder du setztest dich auf die Stufen, wenn du keine Kraft mehr hattest. »Hast du keine Angst vor mir«, fragtest du mich. Ich wusste von deinen Aggressionen, die sich gegen die richteten, die dir etwas verweigerten.

Schlägereien bis hin zum Angriff mit dem Messer haben dich zum gemiedenen und gefürchteten Außenseiter gemacht. »Nein, ich habe keine Angst, weil du mir keinen Grund dazu gibst«, antwortete ich.

Manchmal brachtest du auch etwas mit: Schafskäse vom »Dönermann«, deine nasse Wäsche, die ich für dich trocknete, und einmal habe ich Schnaps für dich versteckt. Du kamst fast jeden Tag, manchmal schon ganz früh am Morgen.

An Wochenenden hast du mich mit deinem endlosen Klingeln geweckt. Ich sagte dir meinen Ärger. Es tat dir Leid, und du hast dich entschuldigt.

Du warst Zeit-los. Was dich bestimmte, war deine Sucht, das Verlangen nach Alkohol und Drogen.

Was muss geschehen sein, dass ein intelligenter, sensibler Mensch sich so verliert? Du warst im Ausland, hast studiert, eine Frau geliebt und mit ihr ein Kind bekommen. Doch weil du so unberechenbar warst, wurde dir der Kontakt zu den beiden verboten. Es war ein unerträgliches Leid für dich, dass die Menschen, die dir am Wichtigsten waren, Angst vor dir haben mussten. Da deine Hände so geschwollen und fahrig waren, hast du mich gebeten, einen Brief an deine kleine Tochter zu schreiben. Sie sollte später, wenn sie groß ist, verstehen, dass du sie geliebt hast.

Du hast mir deine blauen Flecken gezeigt, vom groben Zugriff der Polizei. Du kanntest Gefängnis, Entzug und Therapie. Das alles konnte dir nicht helfen.

Manchmal warst du kaum zu verstehen, so schwer war deine Zunge, aber dein Geist war klar. Du sprachst über so viel Hoffnungslosigkeit, über unerfüllte Träume, über Verlassenheit, über Leben vor und nach dem Tod, über Schuld, über Gott.

Ich begann auf dich zu warten. Du warst mir nah in deiner Abgründigkeit und in deiner Trauer um verpasstes Leben. Dein Zustand quälte dich immer mehr, du konntest nicht mehr schlafen, alles fiel dir schwer.

Einmal hast du mich gefragt: »Kannst du mich in deine Arme nehmen?« Ich umarmte dich. Du weintest.

Zwei Tage später warst du tot, gestorben auf einer Parkbank. Zu deiner Beerdigung kamen deine geschiedene Frau und deine kleine Tochter. Auch deine Eltern waren da, hilflos trauernd um ihren verlorenen Sohn. Und eine Frau mit einer roten Rose stand am Grab, wahrscheinlich die Prostituierte, von der du mir erzählt hast, die nicht dein Geld wollte und du nicht ihren Körper.

Ronny, du fehlst mir. Wir sind uns an der Schwelle begegnet vom Draußen zum Drinnen. Diese Schwelle war sehr schmal und hatte keinen Raum für Leistung und Moral. Da trafen die innere Bedürftigkeit und das Unbeantwortete zweier Menschen aufeinander – nur dass ich auf der besseren Seite stand. Immer noch trauere ich um dich, Ronny, mein Bruder.

Elfriede Loos

Vier Geschichten über Gott

Über zwanzig Jahre liegt es jetzt zurück, was mir seither immer mal wieder in Erinnerung kommt und wohl auch der Erinnerung wert ist.

Meine Geschichte, in der eigentlich gar nichts Aufregendes passiert, ereignete sich am Karfreitag 1984, und zwar in Jerusalem, eine Geschichte in vier Szenen.

Mit »Biblische Reisen« war ich für die Osterferien zu einer archäologischen Studienfahrt nach Israel aufgebrochen, die Kar- und Ostertage hatten wir für Jerusalem reserviert. Mit etlichen Mitreisenden feierten wir in der Dormitio bei den deutschen Benediktinern die römisch-katholische Karfreitagsliturgie. Das war also gewissermaßen die erste Szene. Der Rückweg durch die Altstadt führte uns an der armenischen St.-Jakobs-Kathedrale vorbei; Jerusalem-Kenner wissen, dass man diese Kirche nur zu Gottesdienstzeiten betreten kann und überhaupt vom armenischen Viertel normalerweise wenig zu sehen bekommt, es sei denn, man ist eingeladener Gast, welches Glück mir erst zwei Jahre später zuteil wurde. Nun aber war dort noch die Feier der Liturgie in vollem Gange. Eindrucksvoll berührte uns das Innere der Kirche mit zahlreichen Teppichen, Leuchtern, Ikonen und einem Bischofsstuhl, von dem die Überlieferung sagt, er sei der Thron des Jüngers Jakobus, des ersten Bischofs von Jerusalem.

Beeindruckend waren auch die Gesänge der Mönche, die große Weihrauchfässer schwangen. Aber die größte Überraschung erwartete uns nach dem Ende der Liturgie, als wir ein Verbotsschild in englischer Sprache geflissentlich »übersahen« und mit der Menge der Gläubigen durch eine seitliche Tür einen geräumigen Innenhof betraten. Von allen Seiten liefen Kinder und Jugendliche mit Trommeln und Pfeifen herbei und gaben mit viel Lärm ihrer Freude Ausdruck, dass Christi Leiden ausgestanden war. Nie zuvor hatte ich so stark den unlösbaren Zusammenhang von Karfreitag und Ostern erlebt.

Die dritte Szene ließ nicht lange auf sich warten. Auf unserem Weg quer durch die Altstadt zum Damaskustor lag plötzlich die Westmauer im schönsten Abendsonnenschein vor uns, und von einer Brüstung aus sahen wir aus allen Richtungen orthodoxe Juden herbeieilen, Väter mit ihren Söhnen, Großväter mit Enkeln, im langen Kaftan und mit Schläfenlocken, um hier, an der heiligsten Stelle der Stadt, Königin Sabbat zu begrüßen.

Schließlich erreichten wir außerhalb der Altstadt unser arabisches Hotel, unmittelbar neben einer Moschee und einer arabischen Mädchenschule gelegen. Kaum auf meinem Zimmer, vernahm ich den Gebetsruf des Muezzin, und ich kann nur sagen, dass mich eine unglaublich große Freude und Dankbarkeit erfüllte angesichts eines Gottes, der sich auf so unterschiedliche Weise verehren lassen will.

Oft, wenn ich später ärgerlich oder traurig war wegen der Kleinlichkeit von Menschen, die nicht über ihre engen konfessionellen Grenzen hinwegschauen können, dachte ich an diesen Nachmittag und wusste, dass Gott unendlich größer ist, als wir ihn manchmal gern hätten.

Gertrud Lüdiger

Ins Gesicht spucken

Auf meinem Weg mittags von meinem Büro zur Cafeteria sehe ich bei der Sitzgruppe vor dem Verwaltungsflur im Krankenhaus einen jungen Mann, den ich auf den ersten Blick nicht einordnen kann. Ich frage ihn, ob ich ihm helfen kann. »Ich warte auf jemanden«, war seine Antwort. Ich merke, dass er ein Russlanddeutscher ist, der nicht gut drauf und offenbar alkoholisiert ist. »Auf wen warten Sie denn?« – »Auf den da«, er deutet in Richtung Verwaltungsflur, »damit ich ihm ins Gesicht spucken kann.« – »Und warum wollen Sie das tun?« – »Das ist ein Scheiß-Haus hier!« – »Nanana, das sollten Sie nicht sagen! Was ist denn passiert?«

Und er erzählt nun umständlich eine längere Geschichte: Vor einiger Zeit habe er beim Personalleiter nach einer Stelle gefragt, sei aber abgelehnt worden. Das habe ihn so deprimiert und verärgert, weil er doch so dringend eine Arbeit brauchte. Jetzt wolle er auf ihn warten, bis er vorbeikommt, und »diesem Arschloch ins Gesicht spucken«.

Ich weiß jetzt, dass er mich meint. Offensichtlich hat er mich aber nicht erkannt. Bei meiner späteren Nachprüfung fand ich heraus, dass er sich mir vor mehr als einem Jahr vorgestellt hatte. Ich gebe mich aber auf dem Flur noch nicht zu erkennen und lasse ihn weitererzählen von seinem Lebensunglück. Nach der Umsiedlung mit seinen Eltern von Kasachstan nach Deutschland habe er immer nur Pech gehabt. Dann gab's Alkoholprobleme. Nächste Woche müsse er (wieder) in den Knast. Er sei zwar keiner, der mit einer Kalaschnikow oder mit einer Bombe komme, da brauche ich keine Angst zu haben. Nein, er sei gläubig und mache so etwas nicht. Aber ins Gesicht spucken wolle er ihm.

Im weiteren Verlauf des Gesprächs kommt noch mancherlei Ungereimtes heraus. Dann fängt er an zu weinen. »Sie sind nicht der Einzige, bei dem ich heute schon geweint habe. Kennen Sie den Chef von der Sparkasse? Der hat gesagt, er wolle mir helfen.« Immer wieder spricht er von unserem Krankenhaus als einem »Scheiß-Haus«. Ich entgegne ihm: Wenn er hier eine Arbeitsstelle haben wolle, dann könne er doch dieses Haus nicht so beschimpfen.

Und dann gebe ich mich als der Personalleiter, dem er ins Gesicht spucken will, zu erkennen. Aber er glaubt mir zunächst nicht. »Nein, der war jünger ...« Zum Beweis hole ich aus meinem Büro mein Namensschild und zeige es ihm. »Waren Sie damals nicht gut drauf?«, fragt er mich. »Ich weiß es nicht mehr. Jeden Tag rufen Menschen an, bewerben sich schriftlich oder melden sich persönlich, um eine Arbeit zu bekommen. Wir haben aber nur selten eine Stelle zu besetzen. Ich würde ja auch lieber Ja als Nein sagen.«

Vielleicht weil ich ihm zugehört hatte und er sich ausweinen konnte, zeigt er sich beruhigt. Schließlich steht er auf und will sich verabschieden, indem er mir die Hand reicht. Ich gebe sie ihm gerne und wünsche ihm alles Gute. »Eins will ich aber jetzt noch tun«, sagt er, umarmt mich und gibt mir einen Kuss auf die Wange. »Ich spucke nicht mehr!«, sagt er und verlässt das Haus.

Später, zurück im Büro, finde ich den Personalfragebogen, den er am 31. Oktober vor zwei Jahren ausgefüllt hatte. Weil das also schon länger her war, haben wir beide uns nicht wiedererkannt. Auf dem Bogen hatte ich mir notiert: »Strafverfahren, Alkohol, Führerschein weg.« Wer hätte solch einen Bewerber eingestellt?

Ich bin froh, dass sich seine Aggression und seine Wut gelegt haben und er das Haus friedlich verlassen hat. Aber was wird aus ihm? Und werde ich beim nächsten schwierigen Gespräch die Zeit und die Kraft, also die Liebe haben, angemessen auf mein Gegenüber einzugehen?

Christian Lundbeck

Die Klage der alten Eiche

Eine eigenartige Stimmung liegt in der Luft. Obwohl November, fühle ich mich wie in einer lauen Sommernacht. Sterbendes Laub raschelt unter meinen Füßen. Eine träge Stille liegt über dem Wald. Ein weißer Bussard ruft klagend seine Einsamkeit in den Himmel, während ein Buntspecht unverdrossen einen Baumstamm bearbeitet. Eine uralte Eiche mit weit ausladenden, stämmigen Ästen schaut mich dunkel und geheimnisvoll an. Ich umarme ihren faltigen und tief zerklüfteten Stamm, möchte mit ihr verschmelzen. Sie erzählt mir eine traurige Begebenheit: Vor vielen hundert Jahren wurde an einem ihrer Äste eine junge Frau erhängt, die ihren brutalen Mann verlassen hatte; noch heute fühle sie sich schuldig. Ich entferne mich, ohne ihr helfen zu können. Wer weiß schon, dass auch Bäume empfinden?

Oben auf der Höhe angelangt, erklimme ich einen Aussichtsturm, sehe im Osten den Harz im Nebel versinken, während im Westen der Reinhardswald von einem müden Abendrot beleuchtet wird.

Träge Stille liegt über der Landschaft. Beim Abstieg ins Tal nehme ich die Stille mit.

Ulrike Meliss

Die sterbende Frau

Wenn ich ihr Zimmer betrete und ihr Profil betrachte – die eingefallenen Augen, die schmal und scharf hervortretende Nase, den kleinen eingefallenen und faltigen Mund –, erscheint sie mir wie eine Tote.

Erst nach einem kurzen Moment, wenn ich vor ihr stehe, sie die Augen öffnet und mich anschaut, dann ist in der Reglosigkeit des Körpers ihre ganze Lebendigkeit in den Augen. Sie sieht mich an, wach und fragend, und für Sekunden liegt darin eine tiefe Begegnung. Dann schaut sie weg, legt ihre Stirn in viele Falten, wendet den Blick hierhin und dorthin, um wieder meinen Augenkontakt zu suchen und darin vorübergehend zu verweilen.

Eine zarte Gebrechlichkeit geht von ihr aus. Die weißen Haare rahmen ihr Gesicht wie ein luftiger Kranz, und ein geblümtes Kopfkissen, auf dem sie liegt, lässt in mir ein Bild entstehen, wie sie als junges Mädchen auf einer Sommerblumenwiese liegt.

Ich komme gern zu ihr, trotz ihrer Sprachlosigkeit. Vor einigen Wochen wurde ich als Mitarbeiterin des Hospizdienstes gebeten, sie zu besuchen. Nach einem Krankenhausaufenthalt war sie auf die Pflegestation des Wohnstiftes, in dem sie lebt, verlegt worden und wird hier künstlich ernährt. Das Zimmer ist klein und mit den wesentlichsten Dingen bestückt, die für die Pflege nötig sind. Zwei Fenster lassen diesen Raum weit erscheinen. Das Bett mit der alten sterbenden Frau nimmt die Mitte ein und lässt alles Sonstige unwichtig sein.

Man sagte mir, dass eine Nichte wohl die einzige Verwandte sei und die alte Dame in dem komfortablen Wohnstift eher zurückgezogen gelebt habe. Mehr weiß ich nicht. Somit bleibt sie eine

Fremde für mich, und unsere Begegnung kann nicht gespeist werden von Vertrautem, das wir miteinander austauschen; nicht von Frage und Antwort oder der Erfüllung von Wünschen.

Alles, was ich sage und tue, geschieht in dem Vertrauen, dass sie meine Nähe zu sich spürt; dass ich ihre leisen Erwiderungen wahrnehme und zu deuten versuche; dass ich mich auf mein Gefühl verlasse, das mir im Moment vielleicht eingibt, etwas zu singen. Wie dankbar ich bin, dass ich singen kann und mag! Immer dann scheinen wir uns besonders nah zu sein. Sie betrachtet mich in tiefer Ruhe, ich spüre ihr Hören und ihr zartes Gesicht wirkt sanft und zufrieden.

Die Stille des nahenden Todes, die uns beide umgibt, hält die »Welt« draußen. Drinnen, in dem kleinen Raum, bleibt scheinbar alles auf etwas Wesentliches begrenzt. Es tut mir gut, zu erfahren, wie klein und nichtig die täglichen Dinge erscheinen im Angesicht dieser letzten großen Erfahrung, die einem sterbenden Menschen bevorsteht.

Schön ist es aber auch, wenn ich nur da bin, ohne Worte, ohne Singen, ihre kleine Hand schwer in der meinen liegt, als würde die ganze zerbrechliche Gestalt der zarten Frau sich mir über diese Hand mitteilen. Das Schweigen ist dann, als hätten wir uns alles Wichtige gesagt.

Wenn ich gehe, sehe ich als Letztes wieder ihr Profil mit dem Ausdruck einer Toten.

Ramborg Metz

1000 Kraniche und die Stasi

Im Herbst des Jahres 1982 war der Dresdner Kreuzchor auf einer Konzertreise in Japan. Einige Kruzianer hatten dort die Geschichte von »Sadako« gehört und auch das Falten von Kranichen aus Papier gelernt. Ingolf, der mit mehreren Kruzianern gut befreundet war, übernahm sehr schnell diese japanische Papierfalttechnik. Der erste Kranich, den er aus einer Heftseite eines Schreibheftes gefaltet hatte, stand von da ab immer auf seinem, später meinem Schreibtisch. Dazu der Spruch von Karl Jaspers: »Die Frage des Friedens ist nicht zuerst eine Frage an die Welt, sondern für jeden an sich selbst.«

Die Erzählung »Sadako und die tausend Papierkraniche« von Eteanor Coerr beschaffte sich Ingolf über die Bibliothek des theologischen Seminars in Berlin.

Darin geht es um das Mädchen Sadako, das infolge des Atombombenabwurfs auf Hiroshima schwer strahlengeschädigt war. »Falte tausend Papierkraniche, und du wirst wieder gesund«, hatten ihre Freunde zu ihr gesagt. So waren diese Kraniche für Sadako eine Hilfe in ihrer Krankheit – ein Zeichen der Hoffnung. Sadako hat ihre tausend Kraniche nicht geschafft, sie starb vorher, und ihre Freunde falteten die fehlenden Kraniche für sie.

Für Ingolf wurden diese Kraniche sofort zum Symbol des Friedens. Er nannte sie auch stets »Friedenskraniche« und verschenkte sie bei allen Gelegenheiten. So wurden diese Kraniche zum Friedenszeichen unter den Schülern der Kreuzschule. Das Tragen der Aufnäher »Schwerter zu Pflugscharen« war den Schülern von der Schulleitung verboten worden, aber einen Kranich in der Tasche konnte keiner verbieten.

Nach Ingolfs Tod kamen die Freunde von ihm spontan auf die Idee, für sein Begräbnis tausend Kraniche zu falten. So saßen dann in mehreren Wohnungen Ingolfs Freunde, Mitschüler, Mitglieder aus der Jungen Gemeinde, Mädchen und Jungen zwischen 16 und 19 Jahren, eben alle diejenigen Menschen, die ihm nahe standen, und falteten Berge von bunten Kranichen. Es wurden aber viel mehr als tausend Kraniche.

In unserer Wohnung waren tagelang zwischen zehn und zwanzig Jugendliche zum Kranichfalten versammelt und wir sprachen über Ingolf. Da blieb für mich keine Zeit zur Trauer, ich musste trösten, die Tränen der Erschütterung trocknen und ihnen alle Fragen über Sterben und Tod beantworten, die sie hatten. Sie sahen sich dieser Situation so hilflos ausgeliefert, und ich musste ihnen erklären, dass nur der Körper stirbt, dass Seele und Geist unsterblich sind. Ich sprach mit ihnen über Gott und Christus und über Ingolfs Glauben. Dabei half ihnen die Arbeit mit den Kranichen beim Verstehen. Die Berge von bunten Kranichen haben die Freunde dann zu langen Ketten aufgezogen.

Wir wurden von Ingolfs Freunden gebeten, keine Blumen auf den Sarg zu legen. So stand dieser dann in der Trauerkapelle vollkommen mit den Ketten aus Friedenskranichen bedeckt, und die Kraniche wurden mit Ingolf begraben. Ein Zeichen des Friedens sollten sie sein und ein Zeichen der Hoffnung, dass dieser Tod einen Sinn hat. Nach der Beerdigung wurden an den Bäumen über Ingolfs Grab lange Kranichketten aufgehängt. Über viele Jahre hingen immer wieder Kranichketten am Grab oder es standen einzelne Kraniche dort. Wir bekamen in den Briefen von Freunden Kraniche für Ingolf geschickt. Auch heute, fast zwanzig Jahre nach Ingolfs Tod, steht immer wieder einmal ein Kranich auf seinem Grab, denn gerade heute braucht unsere Welt Zeichen des Friedens.

Als wir dann 1993 Ingolfs Stasiakte zu sehen bekamen, stellten wir fest, dass diese Kraniche der Staatssicherheit erhebliches Kopfzerbrechen bereitet hatten. Mehrere Berichte beschäftigten sich ausschließlich mit diesen »Kranischen« (wie sie schrieben). Zu einer Lösung dieses Problems konnten sie allerdings nie kommen, sie haben nichts verstanden.

Inge Müller

Das Wunder geschah an einem Mittwoch

Es geschah an einem Mittwoch, zwischen 14 und 16 Uhr. Meine Frau hatte sich zur Ruhe gelegt. Sie war erschöpft, physisch und psychisch. Die letzten Tage hatten ihr alles abverlangt, was sie zu leisten im Stande war. Was wäre ohne sie aus mir geworden?

Seit Anfang März steckte ich in einer Depression, oder war es eine Angsterkrankung? Mitten in der Nacht hatte sie mich angefallen, wie ein wildes Tier. Seitdem starrte ich unentwegt in den mörderischen Rachen, in der ständigen Angst, verschlungen zu werden. An Befreiung konnte ich nicht glauben. Ich sah mich, ja uns alle, dicht am Abgrund stehen, aber außer mir schien das niemand zu bemerken.

Ich konnte keiner geregelten Arbeit mehr nachgehen, mich auf nichts konzentrieren, keiner Belastung standhalten. Selbst Zeitunglesen war unmöglich oder Fernsehen oder Musik hören.

Vor den Nächten fürchtete ich mich am meisten. Schon wenn es dämmerte, kroch die Angst in mir hoch. Der sich verabschiedende Tag und das Hereinbrechen der Nacht waren mir Sinnbild für die ewige Nacht. Ich lief durch die stille, leere Wohnung und fühlte mich schrecklich allein. Wie ein Gefängnis kam mir das Haus vor. Immer wieder habe ich unruhig umherirrend zu Gott gebetet, er möge mich aus dem tiefen Loch herausholen.

Plötzlich stand meine Frau an meiner Seite, hakte sich ein, und wir wanderten nachts gemeinsam durch die Wohnung, über Gott und die Welt redend. Manchmal, wenn die Unruhe unerträglich wurde, machte sie mit mir Entspannungsübungen, die mich kurzzeitig beruhigten. Morgens gegen vier Uhr kam die Zeit, wo die Erschöpfung siegte.

An diesem Mittwoch erwachte ich spät. Die Frühlingssonne schien, als wollte sie mir Mut zum Leben machen. Meine Frau hatte mit dem Frühstück auf mich gewartet.

Es war wunderbar mit ihr, ich fühlte mich gut. Mittags jedoch kam die Unruhe wieder. Ich musste vom Mittagstisch aufstehen, mich bewegen, als wollte ich der Krankheit davonlaufen. Nachher fragte mich meine Frau, ob sie sich ein wenig ausruhen könne. Natürlich, sie brauchte die Ruhe nötig, um Kraft zu schöpfen.

Durfte ich denn keine Ruhe finden, sollte das Umhergetriebensein gar nicht mehr aufhören? Hin- und herwandernd wälzte ich Probleme. Bin ich bald reif für die Psychiatrie? Oh Gott, betete ich, mach' mich stark, diesen Zwängen etwas entgegensetzen zu können. Es muss doch möglich sein, die Ängste und die Unruhe einmal unter Kontrolle zu bringen. Ich redete unaufhörlich mit Gott und mit mir. Entspanne dich, sagte ich mir, du bist stärker als der krankhafte Impuls. Lass dich nicht beherrschen. Es gibt keinen Automatismus. Du bittest Gott um Hilfe, dann gib dem Einfluss von oben auch eine Chance, deinen Willen zu stärken. Wenn du dich wehrlos zeigst gegenüber den krankhaften Abläufen in dir, dann kann auch keine Chemie ihre heilende Wirkung entfalten. Bleibe eisern liegen! Steh nicht auf! Lauf nicht umher!

Darüber bin ich eingeschlafen. Aus einem erholsamen Schlaf wachte ich eine Stunde später auf und fühlte mich stark und voller Freude. Die Frühlingssonne schien wohltuend warm auf die Terrasse, eine unbändige Lebenslust stieg in mir auf. So muss man sich fühlen, wenn man nach einer schweren Krankheit genesen ist.

Das müssen wir feiern, schoss es mir durch den Kopf. Ich ging in den Keller, nahm den runden Holztisch und trug ihn auf die Terrasse. Zwei Stühle standen bald daneben. Eine Tischdecke fand sich auch. Nachdem der Tee aufgegossen war, weckte ich meine

Frau. Sie schaute ungläubig und wusste nicht so recht, ob sie träumte oder schon aufgewacht war.

Es wurde eine wunderbare Teestunde auf der frühlingssonnenwarmen Terrasse. Ich fühlte mich dem Leben neu geschenkt.

Seit diesem Tag geht es langsam, aber stetig bergauf mit mir. Seit diesem Erlebnis an diesem Mittwoch Nachmittag gehe ich souveräner mit meiner Krankheit um. Ich weiß bis heute nicht, ob ich meine Gesundung allein der Chemie verdanke. Den Anteil des Himmels vermag ich nicht abzuschätzen.

Manfred Mursch

Wer war mein Vater?

Als Kind und Jugendlicher habe ich meinen Vater immer nur als »Watschenmann« erlebt; er kam von seiner Arbeit, gehetzt und abgespannt, und brauchte Ruhe, seine »königlich bayrische«, wie er immer sagte; ja, er lechzte förmlich nach Ruhe. Und wenn dann meine Schwestern mir unterm Mittagstisch Tritte versetzte, weil sie meinen Salat wollten, und ich lautstark protestierte, dann bekam ich eben eine Ohrfeige, weil ich die Nerven meines Vaters strapazierte. Anlässe oder Gründe interessierten ihn nicht.

Wenn ich als Junge Probleme hatte, die ich gern mit ihm besprochen hätte, auch sexuelle Probleme, stand nur meine Mutter als beratende – und kontrollierende – Instanz zur Verfügung. Sie vermittelte mir das Bild dieses Vaters: Er sei mit seinem Beruf »verheiratet« und habe für uns weder Zeit noch Sinn. So kam es, dass ich ohne die nötige Aussprache mit meinem Vater stets mit Bitterkeit an ihn dachte und ihn lange Zeit noch durch die Brille meiner Mutter sah. Meine Mutter war eine starke Frau und mein Vater drohte neben ihr zu verstummen. Ich studierte noch in Münster, da ging er als 66-jähriger Rentner für eine neue Aufgabe in den Süden Deutschlands. Telefonisch konnte man mit ihm nicht sprechen; er vermittelte lediglich Gespräche an seine Frau. Und waren wir bei ihm zu Besuch, dominierte meine Mutter, und das Gleiche galt für Besuche meiner Eltern bei uns.

Viele Jahre danach – ich war schon Ende 30 und hatte Familie – beschlossen meine Frau und ich eine List. Wieder waren die Eltern zu Besuch und meine Mutter dominierte wie immer das Gespräch – und Vater sagte nichts.

Da ging meine Frau mit meiner Mutter und den Kindern spazieren und raunte mir zu: »Du hast Vati jetzt für mindestens zwei Stunden. Mach was draus!«

Und ich erlebte eine völlig neue Vaterfigur. Mein Vater war mit meiner Mutter eine dritte Ehe eingegangen und hatte von vornherein Verlustängste, wie er mir erzählte. Er traute sich also nicht, irgendwelche Wünsche meiner Mutter abzulehnen. Sie hat vielleicht nie an Trennung gedacht, aber er fürchtete immer, zum dritten Mal zu scheitern. Er hätte sich liebend gern mehr mit uns beschäftigt und hasste es, von Mutter als Strafinstanz aufgebaut zu werden, aber sie beanspruchte die Fürsorge für uns vier Kinder für sich allein – und da konzentrierte er sich auf seinen Beruf, der ihn völlig ausfüllte. In der Nachkriegszeit, wo er sich als Übersetzer und Waldarbeiter durchschlug, hat er ihr nebenbei durch seine Kenntnisse der Buchhaltung zur Führung einer selbstständigen Schneiderwerkstatt mit sechs Lehrmädchen verholfen; der Laden wäre rasch eingegangen, hätte er ihr nicht die Kalkulation gemacht. Das alles war mir völlig neu. Seither sah ich Vater mit anderen Augen, und nachdem er uns am Vorabend seines 90. Geburtstages mit seinem Tod überraschte und uns vier Geschwistern unvergessliche Gespräche am Sterbebett und untereinander bescherte, kann ich den Schlager »Oh mein Papa ...« aus der Operette »Feuerwerk« nicht hören, ohne dass mir die Tränen in den Augen stehen ...

Eberhard Ockel

Weihnachtsbotschaft für die Katz

Es mag vielleicht schon zwanzig Jahre her sein, als ich von einem Halbsatz innerhalb einer Wortsendung im Radio, die im Grunde nur etwas sehr Banales ausdrückte, sehr berührt wurde.

Ich war mit dem Auto unterwegs auf einer längeren Tour und wollte etwas Unterhaltung. Deshalb suchte ich im Radio Musik. Aber es war, wie wir in Franken sagen, »nix Gscheids« dabei. Auf allen Sendern gab es nur Wortsendungen, und so blieb ich schließlich mehr zufällig in einer Sendung über Haustiere hängen. Es war Vorweihnachtszeit und die Sprecherin behandelte das Thema »Haustiere an Weihnachten«: dass viele Tierhalter den Wunsch verspürten, ihren vierpfotigen Liebling auch teilhaben zu lassen an der Weihnachtsstimmung und dem Geschenkeritual zu diesem Fest, und dass viele deshalb auf den Gedanken kommen könnten, zu Weihnachten Hund oder Katze ein besonderes Leckerli in den Futternapf zu geben, und nicht wenige kämen vielleicht auf die Idee, vom Festtagsbraten oder von Delikatessen und Süßigkeiten, die uns Menschen munden, etwas abzugeben.

»Tun Sie das nicht«, sagte die Sprecherin, »Sie riskieren damit Gesundheitsprobleme bei Hund und Katze, die im Extremfall sogar tödlich ausgehen können. Wenn Sie wirklich Mieze oder Bello an der weihnachtlichen Freude teilhaben lassen wollen, dann machen Sie etwas anderes: Nehmen Sie sich noch mehr Zeit als üblich für die Zuwendung. Spielen Sie mit dem Tier, geben Sie sich mit ihm ab, nehmen Sie es in den Arm, streicheln Sie es. Und haben Sie es ganz toll lieb.« Und dann kam der Satz: »Übrigens kann man das auch mit Menschen machen!«

Diesen Satz habe ich nie mehr vergessen. Es traf mich wie ein Blitz, weil die Moderatorin im Radio die Weihnachtsbotschaft ganz banal auf den Punkt gebracht hatte.

Günther Oelschlegel

Der schönste Sonntag meines Lebens

Es geschah im Herbst 1945. Ich wurde mit zwei anderen Jugendlichen von tschechischen Milizen angetroffen. Wir waren im Alter zwischen 13 und 16 Jahren. Man vermutete in uns »Werwölfe«. Wir hatten den Begriff noch nie gehört. Gemeint war eine Freischärlerbewegung, die von der Nazi-Führung im Frühjahr 1945 gegründet worden war.

Wir wurden in das »Concentracni tabor Bruntal« (Konzentrationslager Freudenthal) gebracht. Das Lagerleben war eine Summe von Demütigungen, Schlägen, Massakern und Zwangsarbeit. Die Arbeit lenkte ab. Man bekam meistens zu Essen. Zuweilen begegnete man auch freundlichen Menschen. Einmal erlebte ich ein Wunder:

An einem Sonntag wurde plötzlich mein Name durch das Lagermegafon aufgerufen. Der Bauer, bei dem ich letzte Woche bei Erntearbeiten behilflich war, holte mich unerwartet zur Arbeit ab. Ich war gespannt, um welche Arbeit es da gehen sollte. Auf einem Traktor brachte mich der Bauer in sein Anwesen. Seine Frau, die »pani« (Hausherrin), begrüßte mich herzlich. In der guten Stube lagen vorbereitet Papier, ein Tintenfass, Feder, Federhalter und ein weißer Briefumschlag. »Du schreibst an deine Eltern, und wir lassen den Brief befördern. Das ist deine Arbeit heute. Wir lassen den Brief befördern.« Mit diesen Worten verschwand sie und ließ mich allein. Ich fand keine Worte. Für die Gefangenen des Lagers war jede Kommunikation, ob mündlich oder schriftlich, mit Personen außerhalb des Lagers strengstens verboten. Nun saß ich da, unbewacht und unbeobachtet, um meinen Eltern mitzuteilen, was mir einfiel, wie es mir erging, über meine Kameraden – was ich wollte. Das alles ohne Zensur, ohne Kontrolle. Vor wenigen Tagen, bei den Exekutionen, bei denen ich zuschauen musste, erlebte ich das Unfassbare, das Ungeheuerliche, das Böse. Jetzt geschah mir das Gute.

Als ich fertig war, die Adresse der Eltern geschrieben hatte, übergab ich das Kuvert der Hausfrau. Der Hausherr drückte auf die Rückseite als Absender seinen Stempel. »Dobry, dobry« (gut, gut), sagte der Bauer, frankierte den Brief und legte ihn auf seinen Schreibtisch.

Die »panicka« (Frauchen) kam und führte die Männer in den Garten, in dem einige alte Obstbäume standen, auch ein Holztisch mit ein paar Stühlen. In der warmen Vormittagssonne ließen wir uns nieder, knabberten Kekse, schlürften Wasser oder Apfelsaft und erzählten vom Alltag, sie von ihren Kindern, die in der Stadt lebten und arbeiteten. Sie hätten eine süße kleine Ilona, schwärmte die »panicka«, ihr erstes Enkelkind. Sie rannte nach einer Fotografie, um die Lieblichkeit der Ilona zu belegen. »Viel Elend, schwere Zeiten«, sagte der Mann bedrückt. »Viel Leiden, keiner weiß, warum. Große Menge Arbeit. Aber am Sonntag ist frei. Essen und Freude.«

Zum Mittag gab es Rinderbraten und böhmische Knödel, mit viel Soße, Lorbeerblättern und Piment-Körnern. Als Beilage grünen Salat und Tomatenschnitten. Als Nachtisch Mohnbissen. Nach dem Essen bekam ich frei. Ich könne mich in die Sonne legen, spazieren gehen oder tun, was ich will. In drei Stunden gibt es Kaffee und Kuchen. Danach würde der Bauer mich wieder zurückbringen ins Lager. Der Bauer sagte: »Gute Arbeit, schönen Sonntag.«

Ich ging durch die hügelige Landschaft bis zu der offenen Scheune, wo wir das gepresste Stroh gestapelt hatten. »Jetzt könnte ich abhauen«, durchfuhr es mich. Vielleicht wollten die Eheleute mir die Chance dazu geben? Die Gedanken würgten meine Kehle. Aber zehn Tote für einen Geflohenen! Die Devise war allen bekannt im Lager. Dem Bauern auch? »Nein, ich werde nicht zum Mörder! Nicht an meinen freundlichen Gastgebern, nicht an meinen Kameraden im Lager, nicht an meinen Eltern durch Sippenhaft.«

Pünktlich zum Kaffee fand ich mich wieder ein. Mit großen, erstaunten Augen blickte mich das tschechische Ehepaar an. Es war ein ausführlicher Kaffee mit Streusel- und Füllkuchen, der den Sonntagnachmittag abrundete. Die Tschechen verabschiedeten mich lieb und herzlich. Der Bauer brachte mich zurück auf dem Traktor ins »Concentraci tabor Bruntal«. In eine graue, ungewisse Zukunft.

Und doch: Es war, als hätte ich das Antlitz der Gottesmutter gesehen. Der Bauer und seine Frau haben Kopf und Kragen riskiert. Ich nichts. Ich erlebte den schönsten Sonntag meines Lebens. Sie haben mir Gutes getan aus eigenem Willen, ohne Befehl, ohne Macht und ohne Herrschaft. Sie zeigten die stärkste Kraft die es gibt, *das Gesicht der Liebe*.

Franz Pelz

Der Schmerz

Es war Frühjahr 1988. Der Kalender zeigte das Osterfest und wir, mein Mann und ich, sinnierten darüber nach, ob und wann wohl jemals wieder für uns Ostern werden würde. Karfreitag hatte in unsere junge Ehe Einzug gehalten. Seit den frühen Morgenstunden des 5. September 1987 lebten wir in Karfreitagsstimmung.

Was war geschehen?

Es war der Tod gewesen, der auf leisen Sohlen aus heiterem Himmel gekommen war: der plötzliche Säuglingstod. Ich fand unsere Tochter Mirjam am Morgen des 5. September 1987 tot in ihrem Bettchen liegend. Unsere damals vierjährige Tochter Anja hörte mein lautes Schreien. Sie sah auch, wie mein Mann das Baby verzweifelt in die Luft warf und ebenfalls schrie. Mirjam aber gab keinen Laut mehr von sich. Das Baby lag mit schlaffen Ärmchen und Beinchen in unseren Armen. Mirjam ist achteinhalb Monate alt gewesen.

Über sechs Monate waren nun also ins Land gezogen. Ein halbes Jahr mag für außen Stehende eine lange Zeit der Trauer erscheinen, für mich als Mutter war jedoch die Zeit stehen geblieben.

Mirjams erster Geburtstag war drei Tage vor Weihnachten, Weihnachten entwickelte sich zum Schmerzensfest. Mein Alltag war ein Trauerspiel und unsere Ehe wurde mit jedem Tag mehr zu einem ein Drama. Schließlich beschlossen also mein Mann und ich zu verreisen. Unser Reiseziel war Rom. Mit einer Reisegruppe aus unserer Heimatpfarrei ging es dann am Ostermontag per Zug Richtung Süden. Anja winkte mit ihren kleinen Händen. Der Abschied von ihr fiel mir schwer, aber auf der anderen Seite war ich freudig gespannt und zuversichtlich. Die Reise würde uns beiden als Paar sicherlich gut tun. Endlich abschalten. Endlich ausspannen. Wieder zueinander finden.

Die ersten Tage verliefen auch ruhig und entspannt. Wir hatten guten Anschluss in der Reisegruppe, lachten und turtelten, genossen die Frühlingssonne, ließen uns vom Zauber der Kirchen in den Bann ziehen. Dann wachte ich eines Morgens auf und fühlte mich genauso schlecht, wie ich es von daheim her nur zu gut kannte. Die Sonne mit ihren warmen, hellen Strahlen beleidigte mich und ich hatte keine Lust, auf Besichtigungstour zu gehen. Mit verquollenen Augen und schniefender Nase saß ich schon am Frühstückstisch. Das Gelächter und die gute Laune der Mitreisenden, der Duft von Kaffee und frischem Weißbrot zogen an mir vorbei. Eine bleierne Schwere umschloss mich. »Was passiert hier mit mir? Was mache ich nur hier in Rom?«, hämmerte es in meinem Kopf. Und während mein Abstand zu der durch die Straßen Roms ziehenden Reisegruppe immer größer wird, meine Beine immer schwerer und meine Arme immer kraftloser werden, drängt sich meine Lebenswahrheit auf und ich begreife jetzt bis in die innerste Faser meines Herzens: Mein Kind ist tot. Wenn ich in Rom bin, ist sie tot. Und wenn ich nicht in Rom bin, ist sie tot. Und wenn ich alle Hauptstädte der Welt bereise, ist sie tot. Und wenn ich heimkomme, wann auch immer, ist sie immer noch tot. Sie bleibt tot. Es gibt kein Entrinnen. Die Tatsache des Todes bleibt, was ich auch erhoffe, ersehne, wohin ich mich auch begebe, verstecke, verkrieche, flüchte, Mirjam bleibt tot, tot, tot.

Der Bus steht schon bereit, der uns vor die Stadt bringen soll, um unsere Tagestour zu starten. In diesem Moment mache ich kehrt. Ich schreie meinen Mann an: »Ich fahre nicht mit!«, und stürze davon. Was kümmert es mich, was die Anderen von mir denken? Mein Mann ist bestürzt. Er läuft mir nach, einige im Bus glotzen, andere stehen ratlos. Mein Mann versucht mich zu beruhigen, mit Worten, mit Umarmungen. Das aber bringt mich noch mehr in

Rage. Er soll mich nicht anfassen! Wie kommt er darauf, mich trösten zu wollen? Gerade er! Er ist doch der Vater und ich schreie ihn wieder an und schlage sogar auf ihn ein. Ich laufe zu einer Mauer in einem nahen Park. Dort ist eine Steinmauer. Und mit meinen Händen schlage und trommle ich auf die kalten Steine und ich brülle und schreie laut wie ein verwundetes Tier den Namen meines toten Kindes: »Mirjam! Mirjam! Mirjam!« Der Schmerz und die Wut und die Sehnsucht nach diesem Kind brechen sich Bahn. Ich denke: »Jetzt bist du verrückt geworden. Gleich werden sie kommen und dich in eine römische Irrenanstalt sperren.« Ich schreie: »Ich will nicht mehr leise in ein Taschentuch schnäuzen! Ich will zu meinem Kind, zu meinem Kind, meinem Kind, Kind!« Meinen Mann lasse ich noch immer nicht in meine Nähe. Er steht hilflos, allein. Meine Augen brennen wie Feuer, Bäche von Wasser stürzen aus meinem Gesicht und meine Kehle ist schon ganz heiser. Sollen sie mich doch einliefern. Sollen sie mich doch für verrückt halten.

Ich kann nicht mehr schreien. Ich kann nicht mehr auf den kalten Stein schlagen. Ich bin so elend. Ich bin am Ende. Mit beiden Händen vor dem Gesicht sitze ich jetzt weinend auf einer Bank neben der Mauer. Mein Mann schaut sich das alles mit an. Und dann setzt sich jemand neben mich. Ich kann vor lauter Tränen nur verschwommen zwei Hände erkennen. Die Hände legen sich vorsichtig auf meine Oberschenkel. Eine warme Welle durchflutet mich. Wer berührt mich da? Ich nehme meine Hände vom Gesicht und blicke in das Gesicht eines Fremden. Er kniet vor mir. Es ist ein Obdachloser. Ich ergreife seine Hände und halte mich an ihnen wie an einem Rettungsanker fest. Ich schluchze jetzt wieder hemmungslos, aber dieses Mal aus Dankbarkeit. Da wagt sich doch jemand in meine Nähe? Er setzt sich neben mich und hält mich in meinem Schmerz aus. Er spricht Worte, die in meinen Ohren fremd klingen und doch so zärtlich und tröstlich sind. Der Mann hat keine

Angst, sich die Hände an mir schmutzig zu machen. Seine Hände und Fingernägel sind schmutzig vom Dreck der Straße. Ich erzähle ihm meine Geschichte. Er hört zu. Seine Augen zeigen Verstehen und Mitgefühl. So sitzen wir über eine Stunde auf dieser Bank: Die junge Mutter aus Deutschland und der obdachlose Mann aus einem Stadtpark in Rom. Er bietet mir eine Dose Coca-Cola an. Ich trinke gierig. Es tut so gut. Ich spüre wieder Lebenskraft in mir. Der Mann hat mein Leid gesehen und ausgehalten. Ich fühle mich wunderbar getröstet. Wir umarmen uns beim Abschied wie zwei alte Freunde. An der Hand meines Mannes und zweier aufmerksamer Reisebegleiterinnen, die uns gefolgt waren, mache ich mich wieder auf meinen Weg.

Diese Begegnung war mein Osterlicht inmitten der Dunkelheit gewesen. Die Cola-Dose nahm ich mit. Sie stand viele Monate daheim neben meinem Bett.

Birgit Penger-Schlatterer

Wir haben Hagen D. verziehen

»Ich möchte die Familie um Verzeihung bitten, der ich so viel Leid gebracht habe«, das sagte Hagen D., durch dessen Schuld unser Sohn Matthias ums Leben kam. Er schaute nicht ein einziges Mal in unsere Richtung, wo mein Mann, mein Sohn und ich saßen. Was für eine Anklage mussten wir für ihn sein! Er wusste ja, dass wir schon einmal, drei Jahre zuvor, einen Sohn durch einen Verkehrsunfall verloren hatten. Egal, welches Urteil der Richter sprechen würde, es war nicht so unerträglich wie unsere Gegenwart und unsere Blicke. Er war 33 Jahre alt, Vater einer kleinen Tochter und geschieden. Vor kurzem war er aus den »Neuen Ländern« in den Westen gekommen, wollte endlich Geld verdienen und vielleicht ein neues Glück finden. Einige Sekunden Unaufmerksamkeit beendeten nicht nur das Leben von unserem Sohn, er stürzte unsere Familie in tiefste Verzweiflung.

Am Sonntag, den 30. Juni 1996, um 22 Uhr, begann für Hagen D. ein neues Leben. Aber das wusste er zu diesem Zeitpunkt noch nicht.

Er fuhr den 30-Tonner einer Recyclingfirma, voll beladen mit Eisenschrott, Richtung Autobahn. Er war, wie er später bei der Verhandlung sagte, an dem Abend gut gelaunt. Es war einiges los auf der Straße: Deutschland wurde an diesem Abend Fußball-Europameister und die Fans feierten mit Hupkonzerten und Ehrenrunden. Zwischen zwei kleinen Städten wollte Hagen D. eine Pkw-Fahrerin überholen, warum sie das verhinderte, weiß ich nicht. Auf jeden Fall begann ein zwei Kilometer langer, wütender »Straßenkampf«.

Matthias war zu diesem Zeitpunkt zu Besuch bei Freunden, wollte aber um 22.30 Uhr zu Hause sein. Er verabschiedete sich ebenfalls gut gelaunt, stieg auf sein Motorrad und fuhr los. An einer Kreuzung, an der er links abbiegen musste, hielt er an, weil ihm ein Lkw entgegenkam. Der Lkw-Fahrer begann mitten auf der Kreuzung einen Pkw zu überholen und bemerkte Matthias anscheinend nicht. Verzweifelt versuchte Matthias mit dem Motorrad auszuweichen – er schob sich sogar noch auf den Gehsteig, aber Hagen D. schleifte ihn 35 Meter mit.

Laut Obduktionsbericht war Matthias sofort tot.

Schreie, Feuer, Rauch – Hagen D. war in einem Inferno und eine entsetzliche Angst kroch in ihm hoch. Jetzt begann auch er zu schreien, voll Entsetzen vor dem, was da passiert war. Sirenen und Blaulicht betäubten seine Sinne. Polizisten versuchten mit ihm zu reden, aber er konnte nichts sagen. Er wollte eigentlich nur weg. Er habe einen Schock, wurde ihm gesagt, bevor er im Krankenhaus eine Spritze bekam.

Dieselben Polizisten standen eine Stunde später mit einem Arzt und einem Priester bei uns im Wohnzimmer und versuchten uns zu erklären, dass Matthias tot sei. Tot – durch die Unaufmerksamkeit eines Lkw-Fahrers.

Wut, Rache, sogar Hass waren die ersten Gefühle für diesen Mann. Einige Tage später bekamen wir einen Brief von ihm. Als ich den Absender las, zitterten meine Hände so sehr, dass ich ihn nicht gleich öffnen konnte. Nach einigen Stunden las ich dann die hilflosen Zeilen eines Mannes, dem bewusst war, was er uns angetan hatte.

Er bat uns um Verzeihung. Aber erst als ich ihn bei der Verhandlung sah, zitternd und mit den Tränen kämpfend, bekam ich Mitleid mit ihm. Er wird immer mit dem Gedanken leben, ein Menschenleben ausgelöscht zu haben.

Ich habe ihm schon lange verziehen und ich werde ihn nie vergessen – ich kann ihn gar nicht vergessen: Durch diesen schrecklichen Unfall haben wir und er eine »Beziehung«. Sooft ich an dem Unfallort eine Kerze anzünde und sobald ich einen Lkw sehe, denke ich an Hagen D.

Er wurde wegen fahrlässiger Tötung verurteilt, aber das war für mich keine Genugtuung. Mir war wichtig, dass er uns um Verzeihung bat – und dass wir ihm verzeihen konnten.

Monika Peter

Küssen werden wir uns später

Er war unser aller Lieblingsonkel. Sein Witz war unübertrefflich. Sein Herz liebevoll. Er war das, was wir einen gern gesehenen Gast nennen. Mit zunehmendem Alter wurde er immer weiser und weicher. Seine Lust zum fröhlichen Leben war begleitet vom Schatten allmählicher Bedrängnis durch körperliche Beschwerden.

Nun wurde es ernst. Die Diagnosen seiner Ärzte ließen die Hoffnung auf Besserung weichen. Es kam die Zeit des Abschiednehmens. Und wir alle, seine betagte Frau, seine Kinder, seine Freunde und wir Nichten und Neffen, bekamen unsere Chance zur Verabschiedung.

Der eine sang mit ihm ein letztes Lied, die Andere weinte mit ihm, ein Weiterer entlockte ihm einen letzten Satz, ein letztes Zeichen. Auch meine Zeit kam. Ich nahm seine Hand in die meine, streichelte seinen Arm und sprach etwas von hoffentlich guter und schmerzfreier Nacht und dass ich jetzt allmählich gehen müsste. »Ja ... küssen werden wir uns später«, hauchte mir da mein auch in seinen letzten Stunden unübertrefflicher Onkel entgegen. Sprachlos und dann doch wieder geistesgegenwärtig entgegnete ich ihm: »Nein, nicht später, jetzt!« Ich beugte mich über das zu seiner Sicherheit montierte Gitter und gab ihm einen letzten leisen und innigen Kuss. Ihn zu erwidern, wie ihm dies stets entsprach, fehlte ihm die Kraft. Sein dann aber sonnenhaft, aus tiefster Seele aufleuchtendes Gesicht bleibt für mich und die Angehörigen unvergesslich.

Ich sah ihn dann nicht mehr lebend. Doch unter diesen Umständen Abschied zu nehmen, lässt einen lieben Menschen gar nicht mehr wirklich sterben.

Priska Portmann

Aus dem Leben eines Tintenkleckses

Ich bin ein Tintenklecks. Ich klebe klein und schwarz an ihrer Nase. Sie hat mich noch nicht gesehen, hat zwar in den Spiegel geschaut, aber nur die Träne neben mir weggewischt.

Das ist mein Glück, dass sie so traurig ist, sonst schaut sie viel länger in den Spiegel, sucht nach einem Pickel, sortiert die Wimpern, kämmt ewig lang ihre Haare. Woher ich das weiß? Die Nase hat es mir gesagt. Gleich, nachdem ich auf ihr gelandet bin, hat sie mich gewarnt, dass ich nicht lange leben werde, weil sie doch so sehr auf ihr Äußeres achtet, normalerweise. Aber das ist nicht heute. Deshalb wurde ich auch geboren.

Lang schwebte ich in der Patrone ihres Füllers, alles war ruhig und duster und roch ein wenig nach Asphalt. Doch heute Nachmittag kam die Welt ins Schwanken, einige meiner Geschwister kamen schon auf die Welt, auf ein Blatt Papier, wurden zu Worten geformt wie »endlich gefunden«, »umsonst«, »heillose Welt«. Doch dann war die Geburt vom dicken Knut dran und der wollte nicht auf das Papier, wollte weiter in der warmen Patrone schweben. Und so stemmte er sich mit aller Kraft gegen die Wände der Kanüle, die zur Feder führt. Sie konnte nicht weiterschreiben, schüttelte uns wie verrückt durcheinander, schraubte den Füller auf, hielt uns unter den Wasserhahn, pustete mit aller Kraft und da konnte sich der Knut nicht mehr halten, flog raus in das Abwaschbecken und ich hinterher, allerdings ergriff mich ein anderer Wind und warf mich auf ihre Nase.

Hier ist es schön. Es riecht sehr gut, ein wenig nach Haut, ein wenig nach Parfüm und ein wenig nach Haarwaschmittel. Und ich habe den absoluten Überblick. Ich sehe alles, was sie anschaut, liest, in ihren Händen hält. Vorhin kramte sie in einer Kiste mit Briefen und Fotos. Manche legte sie sofort bei Seite, andere schaute sie länger an, und dann kamen diese gefährlichen Tränen. Ich hatte Angst, dass mich eine mitreißen könnte, ich hüpfte ein Stück zur Seite, in Richtung Nasenspitze. Hier fühle ich mich sicher und ich kann besser in ihr Auge schauen. Es ist ganz groß und dunkelbraun und in der Mitte ist ein tiefer, schwarzer Schlund. Fast könnte ich meinen, ihre Gedanken dahinter hin- und herhuschen zu sehen.

Sie hat nicht lange in der Kiste gewühlt, die meiste Zeit, seit dem ich hier klebe, lief sie durch ihr Zimmer. Sie schaute an die Wand, legte sich kurz ins Bett, zündete eine Kerze an und ging ständig zu ihrem Rekorder, um die Kassette zurückzuspulen und immer wieder das gleiche Lied anzuhören. Dieses Lied scheint wichtig zu sein. Manchmal singt sie sogar mit, aber das klingt verdammt schief. Und dann schreibt sie an dem Brief weiter, jetzt mit einem anderen Füller. Ihre Schrift ist so klein, ich kann sie gar nicht richtig lesen. Immer wieder kommt eine dieser Tränen vorbei, doch jetzt sitze ich ja sicher.

Sie faltet das Papier, legt es in einen Briefumschlag, zieht sich einen Mantel an, bindet sich einen Schal um. Wir gehen raus, in die Dunkelheit, uhh, hier ist es kalt. Eisiger Wind weht um die Nase, ich sehe alte Gaslaternen, ein Hund bellt, wir gehen wohl zur Post. Oh meine armen Geschwister, die wandern jetzt mitsamt dem Brief in eine Briefkasten. Und das in dieser Kälte!

Wir kommen wieder nach Hause, sie spult die Kassette zurück und macht die Musik noch viel lauter als vorhin. Warum denn das? Sie geht ins Bad, lässt die Tür offen, wohl wegen der Musik, sie singt schon wieder mit. Sie nimmt den Haargummi aus ihren Haaren, legt ihn auf ein Brett, sie zieht sich ihren Pullover aus, ihr Hemd, die Hose, bis sie nackt im Bad steht. Was hat sie nur vor? Ich bekomme Angst, kralle mich an der Nase fest. Sie geht zur Dusche, dreht den Hahn auf, stellt sich unter das Wasser. Ich kann mich kaum festhalten, merke, wie ich zerrissen werde, das Wasser, so warm, so tödlich. Ich gleite an ihrem Körper hinab, atme ein letztes Mal ihren wundervollen Duft, winke ein letztes Mal der Nase nach und verschwinde im Abflussrohr.

Michael Rasche

Der Orgel-Krimi

Ich war über fünfzig, als ich meine Familien verlor, die, in die ich hineingeboren war, und die, die ich selbst aufgebaut hatte.

Als ich wieder zu mir kam, sah ich neue Möglichkeiten: Ein freundlicher Mann tauchte auf, und mir wurde eine lohnende Stelle an einer Klinik angeboten.

Weder dem einen noch der andern gab ich Raum; ein Wunsch lebte seit meiner Kindheit in mir: Ich wollte das Orgelspiel lernen. Bisher hatte ich nur einen Organisten angeschwärmt, hatte nur Klavierspiel gepflegt, hatte nur vor verschlossenen Kirchen das Ohr an den Türspalt gedrückt, um das Üben innen zu erhorchen. Jetzt war ich selber dran.

Um einen Lehrer zu bekommen, bat ich eine Freundin, mich ihrem Mann zu empfehlen, der Kantor war. Er winkte unwirsch ab, seine Zeit sei knapp, ich solle in einem Vierteljahr noch mal fragen. Ich wandte mich an eine Professorin im Ruhestand, und auch sie lehnte ab. Da ging ich die Kantoren der Stadt durch und wurde mit einem einig, dem Geld für Unterricht willkommen schien; im Übrigen traute er mir meines Alters wegen wenig zu.

Nun hatte ich die Möglichkeit, auf der weitaus schönsten Orgel der ganzen Stadt zu üben; und das tat ich täglich, früh am Morgen, wenn noch niemand auf das Instrument Anspruch erhob.

Ich eignete mir die Choräle des Kirchenjahrs an, hob vergessene Schätze aus dem staubigen Emporenschrank; ich machte mich an die deutschen und französischen Romantiker und trat endlich Johann Sebastian Bach näher: den kleinen Präludien und Fugen, dem Orgelbüchlein, dann allmählich seinen größeren Werken.

Nach etwa einem Unterrichtsjahr begann ich Gottesdienste zu begleiten, überall da, wo ein Kantor ausfiel. Ich arbeitete mich in die reformierte, methodistische, lutherische und katholische Liturgie ein. Meine Reisen, die ich meist allein unternahm, wurden Orgelreisen; jede Kirche, die an meinem Wege lag, versuchte ich zu stürmen! In der Tschechei, in Spanien, Frankreich und Irland begleitete ich Gottesdienste. Ich machte mich mit mechanischen, pneumatischen, elektronischen Instrumenten vertraut, gewöhnte mich an Registerknöpfe, die neben oder über den Manualen angebracht waren; ich bändigte parallel wie strahlenförmig gebaute Pedale und lernte auf leicht- und schwergängigen Instrumenten zu spielen. Jede Orgel war mir Partner, jede machte mich glücklich, ich konnte nicht genug von ihnen kennen lernen: tausendunddrei!

Eines Tages hörte ich auf einer Platte einen Bachschen Choralsatz, der mir schöner erschien als alle bis dahin gehörten. Es war eine so dichte Musik, und dennoch erhob sich die Melodie ganz klar, fast einsam über dies Gewebe. Ich besorgte mir die Noten und sah, dass der Satz sechs Stimmen hatte, davon zwei im Pedal. Monatelang übte ich an diesen Zeilen, bis das Doppelpedal gebunden floss und auch die Stimmen in den Händen vollkommen selbstständig waren. Viele Menschen erfreute ich mit diesem Stück.

Ich stand vor dem Spiegel, forschte darin und fragte mich, ob mir anzusehen sei, dass ich diesen Choralsatz jetzt zu spielen vermochte, wie Bach ihn gehört haben könnte?! Nichts war zu sehen, und ich bekam große Ehrfurcht vor meinen Mitmenschen, denen ich auch nicht ansehen konnte, was sie erlebt, geleistet, gelitten hatten.

Ein Dutzend Jahre verging so. Früh war ich auf den Gedanken gekommen, die Orgelkonzerte in Stadt und Umgebung für die Zeitung zu besprechen. Viele Meisterinnen und Meister hörte ich auf diese Weise, bildete mich an ihrem Spiel weiter; und es gelang mir, ihre Musik so in Wort-Bilder zu übertragen. Da ich bei meinen Streifzügen durch die Kirchen auf manche Pfarreien stieß, die ihre Orgel überholen lassen wollten oder eine neue brauchten, aber nicht genug Geld dafür hatten, schrieb ich einen kleinen Orgel-Krimi, den ich diesen Pfarreien für Spendenverkauf zur Verfügung stellte.

Vor fünf Monaten ist mir bei einem Unfall ein Finger zersplittert.

Gudrun Rehmann

Werfet euer Vertrauen nicht weg

Im Februar 1985 bekamen wir in Neuwied/Rhein einen Anruf von meinem Bruder aus Herrenhut/Oberlausitz, dass unsere Mutter einen Schlaganfall erlitten habe und dass sie wohl nicht mehr lange leben würde. Ein Telegramm, das damals in solchen Fällen ein Visum ersetzte, sollte nach Westberlin zu meinem jüngeren Bruder geschickt werden. Ich bin dann gleich nach Berlin geflogen, und wir warteten dort sehnsüchtig auf das Telegramm.

Sofort nach Erhalt fuhren wir zum Bahnhof Friedrichstraße in der Hoffnung, einen bestimmten Anschlusszug zu erwischen, um noch rechtzeitig in Herrenhut zu sein. Aber nun gab es ein großes Hindernis: Westdeutsche mussten durch eine andere Sperre als Westberliner, und wir hatten doch nur ein Telegramm. Ich sehe uns noch in der großen Halle stehen, die heute so ganz anders aussieht als vor 20 Jahren. Da war eine große Verzweiflung, aber irgendwie auch ein Stück Vertrauen. Im Nachhinein habe ich oft an Mutters Leitspruch gedacht: »Werfet euer Vertrauen nicht weg, welches eine große Belohnung hat.« Das war ihr Trauspruch, bevor sie mit einem ihr noch recht fremden Missionar aus dem geliebten Elternhaus in das ferne Suriname zog. Nun steht dieser Spruch auf ihrem Grabstein.

In der Bahnhofshalle Friedrichstraße gab es plötzlich eine junge Volkspolizistin: kurzes Uniformröckchen, ein Käppchen etwas schräg auf dem Kopf. Sie kam auf uns zu, und in dem Moment wusste ich: Das ist unser Engel! Es bedurfte keiner langen Erklärungen, dann waren wir durch die Sperre, bekamen alle nötigen Papiere und erreichten unseren Zug. »Es müssen nicht Männer mit

Flügeln sein, die Engel ...«, so heißt ein Lied von R. O. Wiemer, und vielleicht sind wir selbst für andere auch schon einmal ein Engel geworden.

Hildegard Richter

Lasst mich doch gehen

Ich bin Pfarrerin in einer Justizvollzugsanstalt für Männer in Castrop-Rauxel in Nordrhein-Westfalen.

Im Bibelgesprächskreis erschien vor ein paar Wochen ein junger Mann, Anfang zwanzig, eine Baseball-Kappe tief ins Gesicht gezogen. An diesem Abend hatte ich die Bearbeitung des Textes Markus 4, 35-41 (Stillung des Sturmes) vorgesehen. Wir lasen zunächst abwechselnd den Text, danach las ich ihn noch einmal im Zusammenhang. Ich bat alle darum, spontan die ihnen wichtigen Wörter, welcher Art sie auch seien, zu unterstreichen und sie dann untereinander mit etwas Abstand auf ein Blatt Papier zu schreiben. Auf ihre fragenden Blicke antwortete ich, jetzt könnten sie auch in Stichworten jeweils dahinter notieren, warum sie gerade dieses Wort unterstrichen hätten.

Ich war auf hochgezogene Augenbrauen gefasst, auf zuckende Schultern, auf Stöhnen und Am-Bleistift-Kauen. Nichts dergleichen. Alle legten sofort los. Als die anderen schon fertig waren, war der besagte junge Mann noch emsig über sein Blatt gebeugt. Er schrieb und schrieb, und ich sah, wie sein Blatt sich mehr und mehr füllte und seine Schrift immer enger wurde, weil er am unteren Rand angekommen war.

Wir anderen warteten, gossen nochmal Kaffee nach und aßen ein paar Kekse. Plötzlich brach er ab. »Sind Sie fertig?«, fragte ich. »Nein, nein«, sagte er kurzatmig, »ich könnte jetzt immer weiter schreiben, aber das würde zu lange dauern, und Platz hätte ich ja auch nicht mehr.«

Ich fragte, ob jemand über seine Wort-Wahl sprechen wolle. Die anderen Teilnehmer lasen ihre Wörter wie »Volk«, »Boot«, »Windwirbel«, »Wellen« vor und erklärten ihre Unterstreichung damit, dass diese die wichtigsten Begriffe der Geschichte seien, ja, und natürlich die Frage Jesu nach dem Glauben und dass das natürlich nicht so einfach sei damit, gerade in ihrer Situation. Und ob der helfen würde oder ihr Hiersein vermieden hätte, das würden sie doch bezweifeln. Aber, so betonte einer, er wisse, Glauben sei seine Schwäche, und er wolle sich wieder um ihn bemühen.

Der junge Mann sah mich an. Ich nickte ihm aufmunternd zu. Er begann, »seine« Wörter vorzulesen: »Lasst«, »ließen gehen«, »erhob sich«. Ich staunte. Diese Wörter hatte ich bisher kaum beachtet! Ich war auf seine Erklärung gespannt. Auch die anderen sahen ihn abwartend an.

»Die Wörter habe ich unterstrichen,« sagte er zitternd, »weil sie ausdrücken, wie es bei mir zu Hause war.« Er machte eine Pause, atmete tief durch, nagte an seinem Bleistift. »Genauso, wie sie nacheinander da stehen, ist es bei uns abgelaufen, nicht nur einmal.« Er schluckte, schaute auf seine Wörter und wieder zu mir. »Die Wörter, die Sie unterstrichen haben, erzählen Ihre Geschichte«, sagte ich. »Ja«, antwortete er leise, »genau in der Reihenfolge, wie sie da stehen!«

Es war ruhig im Raum. »Genauso lief das bei uns zu Hause ab,« fing er schließlich an, »immer wieder! – ›*Lasst* mich doch das und das tun‹, habe ich meine Eltern oft gebeten. Aber sie konnten nicht auf mich eingehen; sie *ließen* mich nicht *gehen*. Als ich dann Drogen nahm, *erhob sich* mein Vater gegen mich, *schlug* mich. Er *bedrohte* mich immer wieder. Ich hatte den Hals *voll* und brach den Kontakt ab. Als wir uns nach einiger Zeit wieder versöhnten, fing das Ganze irgendwann wieder von vorne an, und das noch öfter. *Glauben* kann ich ihm nicht mehr. Jetzt habe ich keinen Kontakt mehr zu meinen Eltern.«

Lange war es still. Als er mich irgendwann wieder ansah, sagte ich: »Dann ist das ja letztlich auch Ihre Geschichte, so wie sie da in der Bibel steht.« Er lächelte verlegen. »Eigentlich wollte ich es ja gar nicht sagen«, begann er, »aber jetzt tue ich es doch.«

Ich sah ihn fragend an. »Ja, also dieser Text,« sprach er weiter, »den kenne ich schon ganz lange. Ich war als kleiner Junge immer so ängstlich. Das war ganz schlimm für mich. Irgendwann hat mir einer diese Geschichte zum Lesen gegeben. Es kann sein, dass es der Pfarrer war. Ich weiß es nicht mehr. Ich weiß nur, dass dieser Mensch mir damit Mut machen wollte. Ich habe seitdem diesen Text nicht mehr gesehen, aber ich habe ihn sofort wiedererkannt. Es ist meine Geschichte. Und das, wo ich zum ersten Mal hier bin!«

Er war auch zum letzten Mal da, weil er in den folgenden Tagen entlassen wurde.

Beate Rola

Der Schattenmensch

Vor sieben Jahren, ich war 57 Jahre alt, wurde ich mit der Diagnose Krebs konfrontiert. In dieser Zeit träumte ich einen Traum, den ich nicht vergessen kann und an den ich mich deutlich erinnern kann. In besonderen Situationen rufe ich mir den Traum wieder in mein Gedächtnis:

Ich bin in einer dunklen Straße und sehe eine Horde Männer in grauen Uniformen. Sie schlagen, treten, prügeln und schikanieren die Menschen. Ich höre lautes Schreien und Weinen von Frauen, Müttern und Kindern. Es ist eine äußerst kritische Situation und ich überlege, wo ich mich verstecken könnte. Ich finde ein offenes Haus, dort steht ein großer Schrank mit Füßen, sodass ich unter den Schrank kriechen kann, und lege mich mit dem Rücken zur Wand und denke: Hier bist du sicher, hier kann dir nicht passieren. Aber das Gefühl von Sicherheit in dem Versteck hält nicht lange an und es kommen auch Menschen unter den Schrank, bis vorne an die Kante.

Ich denke: Hier kann ich nicht bleiben, und winde mich unter dem Schrank hervor. Inzwischen haben sich die Übeltäter versammelt und stehen in der Nähe des Schrankes. Ein Stimme in mir sagt: »Du musst aufrecht gehen, Wirbel für Wirbel.« Ich gehe, gerade, den Kopf erhoben und die Schultern nicht ängstlich vorgezogen. Ich gehe an den Uniformierten vorbei, die keine Notiz von mir nehmen, und ich gehe weiter und immer wieder höre ich die Stimme: »Wirbel für Wirbel«. Da kommen mir zwei düstere Gestalten aus der Schlägergruppe entgegen und ich schaue Sie an. Da passiert etwas Merkwürdiges, die beiden grüßen mich und verneigen sich. Nach einer kurzen Wegstrecke sehe ich von der linken

Seite den Schattenriss eines Menschen, dann komme ich zu einem Erdbunker, zwei Klappentüren öffnen sich und der Schattenmensch und ich gehen hinein. Ich fühle, ich bin in Sicherheit.

Als ich erwachte, spürte ich: Die Stimme und der Schattenmensch, das war Gott. So tief und nah hatte ich das noch nie in meinem Leben erfahren: Gott ist in mir, was auch immer in meinem Leben geschehen sollte. Ich brauche mich nicht mehr verkriechen, ich kann mich immer wieder aufrichten, »Wirbel für Wirbel«.

Dieser Traum war für mich der Anlass, eine Selbsthilfegruppe für Krebskranke in meinem Wohnort zu gründen und mit meiner Krankheit an die Öffentlichkeit zu treten. Und noch jetzt hilft mir der Traum immer wieder, schwierige Situationen zu meistern. Ich bin dankbar für das Gefühl, selbst hervortreten zu können, egal, wie die Situation um mich herum erscheint.

Anneliese Rotthowe

Das Lächeln der Isabel

Der wirkliche Kampf beginnt frühestens, wenn das Licht abgedunkelt wird, frühestens. Das ist im Kino so, im Theater, und im Konzert ist es nicht anders. Mit Isabel begann er erst kurz vor dem zweiten Satz, als sie versuchte, im Halbdunkel etwas im Programm nachzulesen.

Als der Dirigent den Taktstock in die Luft stach, senkrecht nach oben, und ihn dort einen Moment stecken ließ, um die Aufmerksamkeit auf sich zu ziehen, spürte ich, wie Isabel Anstalten zur Rückeroberung der Armlehne traf, die ich besetzt hatte, während sie in ihrem Programmheft herumfuhrwerkte. Sie hob den Ellenbogen etwas in die Höhe und platzierte ihn ganz unauffällig in Höhe der Lehne, aber eben noch nicht darauf, sondern leicht seitlich. Dann war einen Augenblick Ruhe.

Beim ersten Crescendo mit abschließendem Paukenwirbel zog sie den Unterarm nach und presste ihn auf ihrer Seite gegen den schmalen Lehnenrand. Die Finger ließ sie entspannt wie Fransen vorn über die Lehne hinaus hängen.

Es war nicht so, dass ich mich mit Recht belästigt fühlen konnte, aber ich war beeinträchtigt von dieser drohenden Nähe. Den Impuls, meinen Arm sofort zurückzuziehen, unterdrückte ich, kaum dass er mich traf.

Ich wollte nicht nachgeben. Ich gebe immer nach. Aber hier galt es, einmal Farbe zu bekennen, Stärke zu beweisen und zu sich selbst zu stehen.

Warum denn sie? Wir hatten beide ein Recht auf die Lehne, sie, und ich auch. Zwei Arme verträgt die Lehne nicht, jedenfalls nicht nebeneinander. Also blieb ich. Und während der zweite Satz seinen Lauf nahm, veränderte sich die Lage für einige Minuten nicht. Dann bei einer längeren Phrase stand am Ende wieder dieser Paukenwirbel, den sie rasch ausnutzte. Sie zuckte erschrocken zusammen, stieß dabei meinen Arm mit ihrer Hand leicht beiseite, eroberte wichtige Millimeter. Es lagen nun Arm neben Arm an dieser Lehne und durch meinen Jackenärmel glaubte ich, die Wärme ihrer Haut fühlen zu können.

Sie drehte den Kopf zu mir her, ließ ein wunderschönes Lächeln herüberstrahlen und sagte in einem ersterbenden Hauchen: »Oh, Entschuldigung.« Ich lächelte kopfnickend zurück.

Während des Adagios hatte sie mich mit völliger Bewegungslosigkeit arglos gemacht und mir war der Arm eingeschlafen. Auch das Vivace ließ sie gut zur Hälfte ungenutzt. Aber dann! Ich hätte es ahnen können.

Ich hätte es wissen müssen. Noch einmal dieser Paukenwirbel. Was hatte der hier zu suchen. Ich erschrak. Mein Arm rutschte von der Lehne. Und sie? Rückte sofort nach. Was heißt, sie rückte nach? Sie schob ihren Arm bis an meinen Rand, ja vielleicht sogar ein paar Millimeter darüber hinaus. Sie umgriff sehr beherzt die Lehne. Ihr Daumen lag oben fest auf der Lehne, der Rest der Hand baumelte lässig auf meiner Seite herunter. Auf meiner Seite! Die stand ihr nun wirklich nicht zu.

Damit schien die Sache entschieden. Ich hatte die Lehne verloren. Ein bockiger Zorn kroch meinen Magen entlang, gegen sie, und gegen mich auch. Ich hatte verspielt, verloren, mich nicht behauptet. Aus Nachlässigkeit, aus purer Nachlässigkeit.

Der Mann mit den Zymbeln erhob sich, hielt die Becken weit auseinander, jeden Moment zum Schlag bereit, die Musik strebte in eiligen Sequenzen zum Höhepunkt, er holte aus, lief knallrot an im Gesicht. Und der Schlag? Blieb aus! Kam scharf und laut ein Achtel zu spät. Isabel schreckte hoch, setzte sich auf, war entsetzt, schlug die Hände vor ihr Gesicht.

Das Orchester spielte weiter, am Höhepunkt vorbei und darüber hinaus, und ich legte ganz langsam, keineswegs überstürzt, sondern in gelassener Ruhe meinen Arm breit und fest auf die verwaiste Lehne.

Dann fiel Isabels Arm auf die Lehne zurück. Nein, er fiel nicht. Es war nicht die Schwerkraft, die hier wirkte. Von schwer konnte gar keine Rede sein. Der Arm legte sich auf den so sorgsam dahingebreiteten meinen wie eine Schneeflocke, die allmählich zu Boden sinkt, aber ein wenig bewusster, nicht taumelnd, nicht träumend.

Nein, ich wollte nicht der Verlierer sein. Also tat ich nichts. Blieb einfach. Und sie? Blieb auch. Wieder ahnte ich ihre Wärme und ich meinte, ich könnte etwas von ihrem Puls, von ihrem Herzschlag erspüren. Wir taten beide, als wäre überhaupt nichts geschehen, als wäre es völlig normal, so beieinander zu sitzen.

Die Musik ging zu Ende. Zwei Sekunden Stille bis zum Applaus. Sie hob sanft ihren Arm, lächelte zu mir herüber. Dann applaudierte sie auch.

Ich sah sie nie wieder. Ich weiß nicht, wer sie ist. Ich nahm ihr Lächeln mit und die Wärme, und ich nenne sie Isabel.

Hartmut Sass

Mein bester Freund

Christian ist mein Freund. Mein bester Freund! Kennen gelernt haben wir uns 1987 in einer Disco, da war ich gerade 16 Jahre jung. Dort in der »Wiesenbaude« (Riesengebirge) ging's lustig zu. Die Zimmer und Duschen waren nicht nach Männlein und Weiblein getrennt, da habe ich Augen gemacht. Am Tag waren wir wandern, und abends in der Disco sprach er mich an. Nach dieser Reise schrieben wir uns, trafen uns gelegentlich, und es entwickelte sich eine intensive Freundschaft daraus. Verbunden hat uns vor allem die Freude am Schreiben und der Gedankenaustausch. Ich weiß schon, heutzutage ist das altmodisch! Aber es geht nichts über einen Brief, den man so oft lesen kann, wie man möchte, auch nach Jahren. Und wenn er dann noch vom besten Freund kommt.

Was mir an Christian gefällt? Das ist seine ganz besondere, wahrhaftig vielseitig interessierte, offene Denk- und Lebensweise. Seine Vitalität. Drei bis vier Stunden geht er bei jedem Wetter täglich spazieren. Sein dichterisches und zeichnerisches Talent, sein herzerfrischender Humor und sein unermüdliches politisches Engagement.

Mit ihm kann ich über alles reden. Er ist neugierig und spontan. Mal für ein paar Stunden eine Studentenfeier besuchen, dafür vier Stunden Zugfahrt, warum nicht? Probesitzen auf einem Meditationskissen, Essen mit chinesischen Stäbchen, »Vollmondbier« verkosten, drei Bücher gleichzeitig lesen, »Harry Potter«, um mitreden zu können, mit mir über den Buddhismus und den Sinn des Lebens diskutieren ... ich schätze mich glücklich, diese Freundschaft erleben zu dürfen.

Ach, übrigens: Christian wurde am 30. April 2005 dreiundachtzig Jahre »jung«.

Susanne Schallock

Im toten Winkel

In diesem Jahr bin ich dreiundsechzig geworden, und manchmal denke ich darüber nach, was ich so alles erlebt und gesehen habe. Und neulich ist mir wieder die Geschichte eingefallen, die ich ziemlich genau vor sechzig Jahren erlebt habe. Die Geschichte war in mir verschwunden, einmal nur ist sie aufgetaucht, vor vielleicht dreißig Jahren oder mehr, als ich durch Niederrad gefahren bin mit dem Auto. In Niederrad, in dem Frankfurter Stadtteil, bin ich geboren und aufgewachsen, wir haben dort geheiratet, und unsere Kinder sind dort aufgewachsen. Und als ich schon Lehrer war, bin ich auf dem Weg zur Schule mal nicht wie üblich die Gerauer Straße entlanggefahren, sondern durch die Melibocusstraße. Damals konnte man noch in beiden Richtungen fahren, die Siedlungshäuser mit ihren drei bis vier Stockwerken waren alle schon gebaut.

Ich kannte die Gegend noch, als sie nur aus Feldern bestand, nicht oft bin ich da gewesen, wir haben ja oben beim Oberforsthaus gewohnt, und es war später als Schulkind auch nicht mein Schulweg. Und als ich nun zum erstem Mal durch die Melibocusstraße gefahren bin, da habe ich so halb und fast im toten Winkel durch die Siedlungshäuser durchgesehen, mehr aus Zufall als aus Absicht. Und da stand es, das Haus. Es sah so aus wie eines zu meiner Kindheit, das ich dort wohl gesehen habe, ein schmuckloses Einfamilienhaus, Erdgeschoss und Dachgeschoss, ohne Fensterläden, ein Bauernhaus, das in diese Gegend so gar nicht hinpasst – jeder, der es sieht, wundert sich, dass in dieser Siedlung noch so ein altes Haus alleine steht. In dieser Sekunde ist mir die Geschichte eingefallen, die damals schon dreißig Jahre in mir geschlummert hatte, zugedeckt vom Alltäglichen, vom Sand der Zeit. Und auf einmal hatte ich das Bild wieder ganz lebendig vor mir, und ich wundere mich noch heute, wie man eine so kurze Bildsequenz so lange unentdeckt im Hirn aufbewahren kann. Ich weiß noch wie heute, wie meine Mutter ausgesehen hatte, dass sie den schwarzen Nerz anhatte und die Nerzmütze und dass ich an ihrer Hand ging durch den dunklen Pfad, der die Melibocusstraße damals wohl gewesen ist. Es muss schon Herbst gewesen sein, weil es schon früh dunkel war und weil ich einen Kindermantel angehabt hatte. Und dann, wie sie vor einem solchen Haus mit dem Bauer gesprochen hatte, es ging wohl um eine Lieferung Kartoffeln, die er uns bringen sollte. Ich stand da und hatte meine Hand in der meiner Mutter, eigentlich interessierte ich mich überhaupt nicht für das Gespräch der Erwachsenen, aber ich hörte zu, wie der Bauer erzählte, er hätte so Schwierigkeiten mit seinen Kartoffeln. Davon würden immer nachts welche geklaut, es seien die Juden, die immer nachts kommen würden. Und dann hat er weiter erzählt, wie er sich dann in einer Nacht auf die Lauer gelegt hätte, bewaffnet mit seinem Spaten. Und als die dann wieder gekommen seien und der erste sich gerade angeschickt hätte, in sein Kellerfenster zu steigen, dann hätte er, und er zeigte es, wie er es gemacht hatte, dann hätte er mit voller Wucht mit seinem Spaten dem einen ins Genick geschlagen, so dass dieser sich nicht mehr gerührt hätte. Und dann erzählte er, dass die in den kommenden Nächten nicht mehr gekommen seien. Und ich an der Hand meiner Mutter habe bei mir gedacht: Das darf man doch nicht machen, so einfach einen Juden totschlagen.

Ich weiß dann noch, wie ich an der Hand meiner Mutter durch das Dunkel nach Hause gestapft bin – aber geredet haben wir darüber nicht.

Wolfgang Scheinberger

Ich wünsche der Welt eine gute Nacht

»Allein« – Thema mit Variationen.

Du schließt die Tür hinter dir, drehst den Schlüssel einmal um.

Es ist niemand da, dem du erzählen könntest, was dich heute berührt hat: eine Begegnung, ein Text, den du gelesen hast, die Ankündigung eines Films, auf den du lange gewartet hast ...

Es ist niemand da, der – während du weg warst – ein paar Handgriffe im Haushalt gemacht hat. Die Spülmaschine muss ausgeräumt werden. Da ist auch noch die gewaschene Wäsche in der Maschine. Ja, und morgen müsstest du endlich die Gardinen abnehmen. Du scheust die hohe Leiter, die du dafür brauchst.

Im Badezimmer, beim Abschminken, schaust du zaghaft in den Spiegel – und siehst, was du befürchtet hast: müde, tief traurige Augen, winzige Pupillen, zusammengezogen vom Schmerz.

Vorsicht, da meldet sich wieder die Wut, gemischt mit Verzweiflung und Ohnmacht. Lass das nicht zu! Es kostet die Nacht.

Schnell ein Glas Rotwein, der Griff zur Fernbedienung. Während des Zugriffs der Außenwelt auf dich und die aufsteigende Panik in dir schläfst du ein.

Später schreckst du hoch, verwirrt. Schlaftrunken schaltest du das Gerät ab, löschst das Licht, taumelst ins Bett.

Zu müde bist du, um der leeren Hälfte mehr als einen kurzen Blick zu geben. Die Zeit, in der du kurz die Hand ausstrecken konntest nach der Wärme des Andern, ist vorbei. Sie war schon kalt, die Hälfte, als sie noch bewohnt war.

Du hast es geschafft. Wieder ein Tag, den du überlebt hast, den du – trotz allem – mit ein bisschen Leben gefüllt hast.

Ich begleite meine Gäste an die Gartentür, schließe hinter ihnen ab, dann die Haustür, dann die Etagentür. Ein bisschen beschwipst bin ich. Es war ein schöner, ein warmer, ein intimer Abend. Stundenweise war ich heute sehr traurig, aber nun bin ich fröhlich. Die Rhythmen, die ich dem Radio entlocke, laden zum Tanzen ein. Mit viel Hüftschwung fülle ich die Spülmaschine mit dem Geschirr des viel gelobten Abendessens. Ich tanze durch die Wohnung. Dies ist nun mein Reich sozusagen. Zu Dritt haben wir heute Abend wieder ein bisschen umgeräumt, mehr Farbe geschaffen, mehr »Wohnlichkeit«, eine Art Großzügigkeit haben wir hergestellt, und niemanden musste ich deshalb fragen. Sätze wie »Das kommt überhaupt nicht in Frage« wohnen jetzt woanders.

Die Balkontür steht offen. Ich hole mein Gesangbuch und singe ein Abendlied, dessen Verse ich nicht alle auswendig weiß. Das wird sich ändern. An Abenden wie diesen werde ich es singen, immer wieder.

Ich lobe den Tag, ich lobe den Abend, ich spüre, wie Dankbarkeit mich warm durchflutet: Ich lebe, ich berge mich in allem, was mich umgibt.

Ich wünsche der Welt und mir eine gute Nacht.

Sie schließt die Tür hinter sich. Es war ein langer Tag. In der Wohnung ist es still: Früher lief oft der Fernseher, wenn sie spät heimkam. »Gehe ich gleich ins Bett und lese«, fragt sie sich, »oder schaue ich den Film an, den ich eigentlich sehen will?« Wen soll sie sonst fragen. Ein Blick auf den Mondkalender sagt ihr, dass sie morgen die Blumen gießen sollte. Dann ist da auch der Zahnarzttermin. Am Nachmittag ist sie mit einer Freundin verabredet. Jetzt tut sie alles, was »man« so tut vor dem Schlafengehen, auch an die Medikamente denkt sie. Dann legt sie sich hin, greift zum Buch. Sie lebt allein – wie viele Frauen ihres Alters. So ist das eben, hat Nachteile, hat Vorteile, ist, was es ist.

Ursula E. Schmidt

Ein Frosch geht zur Universität

Donnerstag vor Weihnachten, später Nachmittag. Für Freitag hat sich unser Sohn Daniel zum Essen angesagt, das heißt: Salat muss sein. Also fahre ich nach meinem Schöffendienst im Gericht noch schnell beim Jo vorbei, »Jo's Naturkost«.

In der Obst- und Gemüseecke angle ich den schönsten der zum Wochenende leicht angewelkten Endivienköpfe aus der Kiste und lege ihn auf die Theke.

Was sehe ich da? Was hüpft denn da heraus? Was ist denn das?

Bei näherem Betrachten stellt es sich als ein winziges Exemplar der Gattung Frosch heraus. In allem etwa zweieinhalb Zentimeter reines Körpermaß. Hellgrün wie der Salat, die Beinchen gelblich durchscheinend, goldäugig, sprungbereit, allerliebst!

Ich bin begeistert. Er sieht genauso aus wie der im Fernsehen, der auf der Hand des netten Mädchens den Wetterbericht ankündigt. Jo hat gleich ein großes Glas aus der Mehrweg-Sammlung parat, für mich und den Frosch.

Denn dass ich den mitnehme, ist sofort klar. Doch was mache ich nun mit dem Frosch? Natürlich zu Zoohaus-Doll. Dort ist kaum Betrieb, es riecht tierisch. Hinter der Theke steht die Oma von Dolls. Sie hört und sieht sich die Geschichte an und sagt dann nur ein Wort: »Pinky's«! Dann verschwindet sie in einer dunklen Hintertür und kehrt mit einer runden Plastikdose zurück. Sie öffnet vorsichtig den Deckel und lässt mich hineinsehen: randvoll mit wimmelnden Maden! Igitt! Daraus könnte ich Fliegen züchten, meint sie. Frösche fressen Fliegen. Aber vielleicht mag meiner ja schon Maden. So klein wie er ist.

Ich richte Fridolin (so heißen von jeher alle Frösche, die mir nahe stehen – wir haben einen Gartenteich) sein Gurkenglas mit einem gewissen wohnlichen Ambiente ein und nun kommt der erste Versuch der Fütterung.

Auf das Holzstück im Innern des Glases bugsiere ich einige Maden. Doch es zeigt sich, dass die ungeschickten Würmchen leicht abrutschen, ins Wasser rollen und nach kurzer Zeit ertrinken. Ein Frosch aber will Lebendiges.

So hole ich Fridolin heraus und setze ihn und einige zappelnde Maden in ein quer liegendes Wasserglas. Eine Made, die sich ihm am Bein entlang windet, wird mit lässigem Beinschlag abgeschüttelt. Aber eine andere, die sich an der hinteren Glaswand empor hangelt, fasst er aufmerksam ins Goldauge und – schwupp wupp – mit einem Happs und zwei Mal Schlucken ist der Braten verschwunden.

Wie bin ich glücklich! Mein Kind hat eine Mahlzeit angenommen!

So geht das die nächsten acht Tage weiter. Nachts schläft der Frosch mit angezogenen Beinchen wie angeheftet seitlich an der glatten Glaswand. Manchmal badet er ein wenig oder er sitzt versteckt in den Blättern der Pflanze oder den Höhlungen des Holzes. Dann nimmt er tatsächlich mal eine grüne und mal eine bräunliche Farbe an, so dass man immer genau schauen muss, um ihn zu finden.

Drei Mal habe ich das Vergnügen, ihn beim Speisen beobachten zu können. Immer wieder ergänze ich den Vorrat an leckeren Maden, die in »Pinky's« Dose sicher im Gemüsefach unseres Kühschranks liegen.

Doch allmählich stellt sich mir die Frage nach Fridolins Zukunft. Ich möchte ja das Beste für mein Findelkind. Gewisse Zweifel stellen sich ein, ob so ein Leben im Glashaus der artgerechten Lebensweise eines Laubfroschs entspricht. Mit Fliegenzucht kann ich mich nicht anfreunden. Und ständig die saftigen, wimmelnden Maden im Kühlschrank ...?

Da ist guter Rat teuer. Draußen liegt Schnee und Eis. Wohin mit dem Frosch? Mir fällt die »Pollichia« ein, ein Naturschutzverband, der auch hier in Kaiserslautern einen Ortsverein hat. Ich rufe also den Vorsitzenden an. Dem fällt gleich jemand ein, der mir helfen könnte.

Der Biologe Dr. Helb ist ein Volltreffer. Er schlägt vor, unseren kleinen Gast in der nächsten Stunde abzuholen. Trotz Eisschnee kommt er mit seinem Sohn (auch Biologiestudent) ins Herrenwiesental. Die netten Männer erzählen mir, dass in der Universität ein passendes Terrarium für unseren Frosch vorhanden ist. Sie wollen wissen, woher der Salat stammt, dem das Tier entschlüpfte. Ich rufe Jo an: aus Italien!

So hat der winzige Fridolin in seinem jungen Leben doch schon viel erlebt:

Er wird in Italien geboren. Dann reist er in einer Salatkiste in Jo's Naturkostladen, dann gerät er zur Familie Schniz und wird hier das kleine grüne Christkind der besonderen Art. Und schließlich gelangt er in den biologischen Bereich der Kaiserslauterner Universität. Wenn das keine besondere Biografie ist – für so einen kleinen hellgrünen Kerl mit goldenen Augen!

Sylvia Schniz

Abgefertigt

1982. Mein 14 Jahre älterer Bruder wurde 60. Endlich hatte ich als Nichtrentner in der DDR die Möglichkeit, eine Besuchsreiseerlaubnis in den Westen zu beantragen. Rechtzeitig hatte mein Bruder Einladung, Geburtsurkunde und Wohnbestätigung geschickt. Mein Antrag beim Volkspolizeikreisamt wurde nach einem Gespräch entgegengenommen. Nun begann das bange Warten. Würde ich reisen dürfen? Es war Schikane, dass man bis ein oder zwei Tage vor dem geplanten Reiseantritt nicht wusste, ob man einen positiven Bescheid erhalten würde. Doch dann hielt ich tatsächlich die erforderlichen Papiere in der Hand.

Mein Mann begleitete mich nach Berlin-Friedrichstraße. Am Fahrkartenschalter stand vor mir eine alte Dame, sicher über 80 Jahre alt. Sie kam aus den USA und besuchte in der DDR die Stätten ihrer Kindheit. Nun wollte sie zu Verwandten nach Frankfurt/Main. Sie würde also denselben Zug benutzen wie ich.

Um auf den hermetisch abgeriegelten und scharf bewachten »Westbahnsteig« zu gelangen, musste man durch die Pass- und Zollkontrolle im so genannten Tränenpalast. Zufällig stand die alte Dame wieder vor mir, in der Hand einen Geldschein, 20 DDR-Mark. Die Zollbeamtin: »Das Geld dürfen sie nicht ausführen.« »Darf ich es ihnen geben?« »Nein.« »Darf ich es in den Papierkorb werfen?« »Nein.« »Was soll ich damit machen?« »Sie müssen es bei der Bank umtauschen.« »Aber dann verpasse ich doch meinen Zug und meine Verwandten erwarten mich.« »Tut mir leid.«

Ich stand dahinter und hörte alles mit an. Blitzschnell gingen mir Gedanken durch den Kopf: Soll ich sagen »Geben sie mir das Geld. Ich bin DDR-Bürger. Ich darf es haben.« Aber würde ich es nehmen dürfen? Würde ich damit meine Reise aufs Spiel setzen? Ich schwieg. Aufgeregt und hilflos kehrte die alte Dame um.

Ich wurde abgefertigt. Meine Zollerklärung war in Ordnung. Ich erreichte meinen Zug. Mit gemischten Gefühlen stieg ich ein.

Die alte Dame sah ich nicht wieder.

Immer wieder, wenn ich an dieses Erlebnis denke, steigen Wut und Scham in mir hoch: Wut über diesen Menschen verachtenden Staat und den erbarmungslosen Umgang mit einer alten Frau; Scham über mich selbst, dass meine Angst und mein Egoismus größer waren als Mut und Nächstenliebe.

Ursula Schulze

Eine nette Diebin

An einem Silvesterabend ging ich rasch noch einmal in den Supermarkt, weil ich etwas vergessen hatte. Aber als ich dort war, musste ich erst einmal die Kundentoilette aufsuchen; und da legte ich meinen ziemlich dicken Geldbeutel aus der Hosentasche auf die Fensterbank. Dass ich ihn dort liegen ließ, fiel mir nach wenigen Minuten ein; ich eilte zurück und sah gerade eine magere Frau mit zwei kleinen Kindern die Toilette verlassen. Die Fensterbank war leer. Ich folgte der Frau ziemlich ratlos und wusste nicht,wie ich vorgehen sollte. Schließlich trat ich neben sie und sagte leise: »Bitte, geben Sie mir meinen Geldbeutel wieder.« Sie wandte sich ab und knurrte: »Ich habe Ihren Geldbeutel nicht.« Mein Herz hämmerte. »Doch«, sagte ich. »Sie waren gleich nach mir dort, und sonst war da niemand.« Sie sagte »Nein« und lief ihren Kindern nach; ich blieb an ihrer Seite und wusste nicht weiter. Sie tat mir so Leid! »Bitte«, sagte ich noch einmal, und als sie schwieg, aber auch nicht weglief, zum dritten Mal: »Bitte. Ich will Ihnen Finderlohn geben, aber den Geldbeutel brauche ich wirklich, da ist mein Ausweis drin.«

Ohne mich anzusehen, reichte sie mir ihr Fundstück und murmelte: »Jetzt habe ich wirklich gedacht, ich erlebe auch mal was Wunderbares.« Sehr erleichtert wollte ich den Geldbeutel öffnen; da wich sie zurück, hob abwehrend die Hände: »Nein, nein, kein Geld, ich schäme mich ja so sehr«, und nun sah ich, dass sie weinte. Da nahm ich sie fest in die Arme und flüsterte in ihr Ohr: »Danke, dass Sie das gemacht haben.« Weil ihre Kinder auf sie zuliefen, ließ ich sie stehen und ging fort; das habe ich später sehr bedauert, aber mir war doch selber zum Heulen zumute!

Alheide Siess

Den Knall gehört

Ein Pulk junger Leute wartete vor der Kasse. Sie hatten getankt und wollten bezahlen. Auf der Kassenseite arbeitete eine ältere Dame, das Haar rot gefärbt, die Lippen ebenfalls rot, und zwischen den Falten im Gesicht schimmerte Rouge.

Die Reihenfolge war jetzt an einem älteren Herrn, der wohl ebenfalls die Sechzig schon lange überschritten hatte. »Tanksäule Drei – und eine Dose Cola«, verlangte er mit heimischem Akzent. »Die müssen Sie sich aus dem Regal nehmen«, kam es forsch hinter der Theke her. Die Gruppe wartete. »Die Zeiten, wo man an der Tankstelle bedient wurde, sind vorbei«, knurrte die Dame. Der ältere Herr, der scheinbar hier nicht Stammkunde war, fand nicht gleich das bezeichnete Regal. »Jetzt findet er auch noch nicht mal die Cola.« Es war nicht auszumachen, ob sie es mehr zu sich oder zu den Wartenden sagte. Mürrisch zog sie los, ein Griff ins Regal, und die Cola stand kurz darauf auf der Kassentheke. Der Mann zahlte und ging.

»Das ist nicht mehr wie in den 20er-Jahren, hier ist ein Selbstbedienungsladen«, kam es undeutlich zwischen ihren Zähnen hervor. Und nach einer Pause: »Der hat wohl den Knall nicht gehört!« »Oder Sie«, konterte einer der Jugendlichen. Eiskalte Stille im Verkaufsraum. Die Schlange rückte schweigend vor. Die Abwicklung erfolgte wortlos. Als der Zwischenrufer bezahlt hatte, verabschiedete er sich ironisch. »Ich wünsche Ihnen auch was ...« Die Dame hinter der Theke konterte: »Keinen Respekt vor dem Alter.«

Und prompt kam die Antwort aus dem restlichen Pulk scharf: »Wer?«

Meinolf Steinhofer

Josef und seine Frau

Dunkler Novemberabend. Die Straße glänzte im Regen. Das schwache Licht meines Fahrrades wischte über sie hin. Ich war unterwegs ins Nachbardorf. Dort war ein Mann gestorben, und ich mußte die Trauerfeier halten. Schwierig. Ich hatte ihn nicht gekannt, obwohl ich sein Pfarrer war. Ich war noch jung, erst seit wenigen Wochen an dieser Stelle. Ein Todesfall war mir noch nicht vorgekommen.

Ich war immer langsamer gefahren, und dann erschien es doch in der nassen Finsternis: das gelbe Ortsschild vom Nachbardorf. Ich war da. Dort rechts, das niedrige Häuschen mußte es sein, das dritte. Ich erkannte im schwachen Laternenschein eine Tür, zwei Fenster, hinter einem trübes Licht. Eine Klingel war nicht zu ertasten. Mit klopfendem Herzen pochte ich gegen die Tür. Drinnen regte es sich. Schlurfende Schritte, ein Schlüssel quietschte im Schloß, und ich wurde eingelassen. Vor mir im Hausflur eine Frau in Schwarz, vom Alter gebeugt, niemand sonst. Auch gut. Vom Flur ein Schritt in die Küche. Es roch nach Kümmel, Kohl, Kartoffeln – Küchenduft. Ein eiserner Herd, in dem es noch flackerte, tanzender Widerschein auf den Wänden, nicht ganz in der Mitte der Küchentisch; an der Wand eine Holzbank, zwei Stühle. Eine Handbewegung der Frau – »bitte, Herr Pfarrer« – und ich nahm Platz.

Jetzt erst sah ich die Lampe. Sie hing von der Decke herab, ein glasgrüner Schirm ließ alles Licht nach unten strahlen, auf die blau-weiß gewürfelte Tischdecke. Unsere Gesichter blieben im Schatten. Auf der Decke lag im runden Licktfleck ein schwarzes Buch – die Bibel? Neben dem Buch eine vergilbte Urkunde. Die Frau sprach kaum. Die Urkunde sagte mehr. Konfirmations- oder Trauungsurkunde? Von meinem Platz aus konnte ich es nicht erkennen. Der Gekreuzigte war zu sehen, auch ein verblasstes Bild einer Dorfkirche. Ihre Heimatkirche? Jetzt schob sie mir die Urkunde näher in den hellen Lichtkegel der grünen Lampe.

Wie nur erreichte ich diese gebeugte Witwe mit der Botschaft: der Tod des Mannes und der liebe Gott?

Ich hatte meinen Kalender eingesteckt, der an jedem Tag einen anderen Bibelvers zu lesen aufgibt. Ich hatte schon nachgesehen. Am Sterbetag stand da: »Der Herr wird Josef aus dem Gefängnis befreien...«, oder so ähnlich. Die Josefsgeschichte also, im ersten Buch der Bibel. Dieser Josef, der nach Ägypten verkaufte Fremde, unrechtmäßigerweise ins Gefängnis geraten ... Ich versuchte für die Frau da vor mir am Küchentisch diese Geschichte zu deuten: das Gefängnis – der Tod? Möglich. – Ja. Niemand kann es von innen öffnen. Man ist ja gefangen. Nur von außen schließt ein Schlüssel und gibt den Ausgang frei. Und dann: Neues Leben erwartet den armen Josef, der nun gar nicht mehr arm ist. Gott befreit ihn und die Trauer findet ein Ende! Ob die alte Frau wohl versteht?

Ich hatte, während ich sprach, nach unten geschaut, in meinen Kalender. So hatte ich nicht bemerkt, wie die trauernde Frau sich verändert hatte. Sie schob eine Hand hin zu mir über den Tisch, und ich blickte auf, in weit aufgerissene Augen im erblassten Gesicht. »Wie war das? Was steht da?«, stammelte sie, »Lesen Sie nochmal!« »Der Herr wird Josef ...« »Aber mein Mann heißt doch Josef ...« – »Heißt«, hatte sie gesagt. Stille. Wir beide atmeten leise weiter. Dann beendete ich meinen Besuch mit einem kurzen Gebet. Hier durfte nichts durch viele Worte zerredet werden. Ja, ihr Josef ...

Wieder draußen, tastete ich nach meinem Fahrrad. Der Regen hatte aufgehört, er tropfte nur noch aus löchrigen Rinnen. Die dunklen Wolken waren gewichen und gaben meinen Blick frei in des Himmels gläserne Tiefe. Einige Sterne waren aufgetaucht. Sie strahlten heute, wie mir schien, besonders hell.

Wolfgang Steinwachs

Im Wald

Mit den Kindern im Wald.
Kelsterbacher See.
Wildgehege.
Bärlauch stechen.
Wie konkret ist jede Utopie?
Stahlblauer Himmel.
Flugzeuge blitzen silbern
In der Sonne.
Der Krieg im Irak
Wurde von innenpolitischen Themen
Abgelöst.
Die SPD in der Krise.
Links gegen rechts.
Der Kanzler:
Wir dürfen das Wünschbare
Nicht mit der Wirklichkeit
Verwechseln.
Was hat das mit uns zu tun?
Wieder donnert ein Flugzeug
Über den Wald.

Klaus Störch

Unter den Tisch gefallen

Sie ist ständig in Bewegung. Gerade hat sie herausgefunden, wie es ihr möglich ist, weiterzukommen. Auf dem Rücken liegend, den Kopf voraus, die Beinchen schieben und ab geht die Post. Sie findet alles, was in ihrem Aktionsradius herumliegt. Nicht die großen Dinge, die sowieso alle sehen, interessieren sie, sondern die ganz kleinen. Ganz besonders haben es ihr die Brösel angetan. Das, was die Erwachsenen vom Tisch fegen. Das, was, im Ganzen gesehen, ein Brot wäre. Das, was, in Mengen genossen, satt macht. Heute findet sie wieder einen dieser Brösel. Eingeklemmt zwischen Daumen und Zeigefinger in den kleinen Patschhändchen, transportiert sie ihn zu mir. Mammam ... streckt sie ihn mir entgegen. Ich verstehe ihre Botschaft: Das Kleine ist für mich wichtig. Ich halte es hoch.

Heute, nach vielen Jahren, frage ich mich oft nach den kleinen Dingen, die für mich wichtig sind, die ich hochhalte. Ich will mich bücken, unter dem Tisch nach dem suchen, was unter den Tisch gekehrt wurde, was unter den Tisch gefallen ist. Im Ganzen gesehen ist es Brot.

Lydia Teply

Der dritte Teller

Vor 15 Jahren verließ unser jüngster Sohn das Elternhaus, um in einer fernen Stadt ein Studium zu beginnen. Von heute auf morgen wurde es sehr still in unserem Haus. Das Radio schwieg und die Gespräche bei Tisch fehlten plötzlich. Besonders die Mittagsmahlzeiten bekamen eine Leere, wo wir doch als kinderreiche Familie immer einen großen Tisch mit vielen Menschen gewöhnt waren. Mein Mann und ich sind beide in Familien mit zehn und zwölf Geschwistern aufgewachsen, und unsere eigene Familie ergab später auch eine schöne Tischrunde. Mit der ältesten, unverheirateten Schwester meines Mannes, welche in unserer Familie lebte, brachten wir es immerhin auf acht Personen.

Ja, und nun saßen wir beide allein mit unserem Essen am großen Tisch. Es musste etwas geschehen! Da es bei uns von jeher üblich war, vor dem Essen auch Jesus als Gast zu den Mahlzeiten einzuladen, stellten wir einfach für ihn einen dritten Teller ans Kopfende. Dieser dritte Teller wurde zur guten Gewohnheit und wird bis heute beibehalten. So mancher Überraschungsgast zur Mittagszeit staunte, dass für ihn ein Gedeck auf dem Tisch stand.

Noch vorige Woche teilten wir unser Essen mit einer Bekannten, die eigentlich nur gekommen war, weil sie uns etwas fragen wollte.

Ja, der dritte Teller. Inzwischen ist er uns zum Symbol geworden und verbindet uns sinnbildlich mit unseren lieben Menschen in der weiten Welt.

Christine Tillmann

Szenen einer Ehe

Das Schlüsselerlebnis:

»Kannst du mir einmal zeigen, wo die Pedale für Kupplung, Bremse und Gas sind?«

35 Jahre ist Ursula, meine Ehefrau, unfallfrei Auto gefahren, und nun diese Frage!

Ohne Widerspruch, fast schon erleichtert, gibt sie mir ihre Wagenpapiere und ihren Autoschlüssel.

Die Diagnose im Jahre 1997

Der Chef der Neurologischen Abteilung beschreibt uns mit sehr viel Einfühlungsvermögen seine Diagnose: beginnende Alzheimer-Erkrankung.

Ursula hat diese Worte auch gehört. Aber hat sie sie begriffen? Auf dem Heimweg betrachtet sie fast heiter die herrlichen Blumen in den Auslagen eines Geschäfts. Wir sind doch beide erst 57 Jahre alt, denke ich. Wie geht es nun weiter?

Ein lichter Augenblick oder ein dunkler Schatten?

»Warum muss ich jetzt immer diese Tabletten einnehmen?«

»Du weißt doch, dass die von dir so geschätzte Tante Maria im Alter sehr vergesslich geworden ist. Und das droht bei dir auch einzutreten.« »Ich habe also Alzheimer!«

In unserer jetzt 37-jährigen Ehe habe ich Ursula bisher nur einmal weinen sehen.

Nun laufen ihr die Tränen über das Gesicht. Ich weine mit.

Minuten später: »Peter, ich habe geweint, weil ich gerade Zwiebeln geschnitten habe.«

Zurzeit haben wir keine Zwiebeln im Haus.

Humor

Ursula ist bekannt und beliebt gewesen für ihren Mutterwitz. Hin und wieder liefert sie dafür noch einige Kostproben.

»Ursula, heute ist Weihnachten.« »Ja.« »Weihnachten ist doch das Fest der Liebe.« »Natürlich.« »Du hast mich doch aus Liebe geheiratet.« Einen Augenblick zögert Ursula, und dann: »Nein, Peter, aus Nächstenliebe!«

Die derzeitige Situation

»Schreib doch einmal Deinen Namen!« Nein, sie will es nicht. Aber plötzlich schreibt sie fünf Buchstaben: PETER. Das ist kennzeichnend. Als eigenständige Person hat sie sich aufgegeben. Sie identifiziert sich mit mir, ihrem Ehemann. Wie ein zweijähriges Kind ist sie voller Grundvertrauen zu mir.

Ein sehr düsteres Kapitel

Wie jeden Abend helfe ich ihr beim Auskleiden. Ich versuche, ihr die Bluse zu öffnen. Nein! Ich rede ihr gut zu. Ohne Erfolg! Ich lasse sie einen Augenblick allein. Ich starte einen erneuten Versuch. Es hilft nichts. Ich werde laut. Nein! Ich bin mit meiner Geduld am Ende! Nein! Und dann passiert es: Ich schlage Ursula kräftig auf ihre Hände!

Entsetzt schaut sie mich an. Ungläubig, anklagend, stumm! Ich schäme mich. Es tut mir Leid. Sie tut mir Leid! Dennoch: Es ist geschehen. Ich habe meine Frau geschlagen. Gewalt in der Ehe? Ich habe sie praktiziert. Kein Fremdwort mehr!

Fazit und Ausblick

Wir führen zurzeit ein einfaches, unaufgeregtes Leben. Jeden Tag gehen wir gemeinsam in den Gottesdienst. Jeden Tag gehen wir Händchen haltend im Wald spazieren.

Wir erleben Gemeinschaft in unserer Ortsgemeinde. Ein Netzwerk von Personen begleitet und unterstützt uns. Das hilft. Das tut gut.

Inzwischen sind wir beide 64 Jahre alt. Bis zum heutigen Tage sind die Belastungen durch Ursulas Erkrankung zu ertragen gewesen. Doch ihr Zustand verschlimmert sich zusehends. Und dann?

Peter Tweer

Ein Monster für Oma

Es war 1998, das erste Weihnachtsfest nach dem Tod meines Schwiegervaters und das vierte nach dem Tod meines Mannes. Meine Söhne waren inzwischen acht und elf Jahre alt. Heiligabend feierten wir immer mit den Schwiegereltern. Die Oma hatte auch dieses Mal zugesagt.

Doch die Stimmung war bedrückt, Opas Tod rief die Erinnerung an den zu frühen Tod des Vaters, meines Mannes, des Sohnes wach.

Das Heiligabend-Programm lief: Oma abholen, gemütlich Kaffeetrinken, Kirche mit Krippenspiel. Schon während des Krippenspiels in der Kirche war Oma nicht begeistert. Mein Jüngster bohrte vor aller Augen an der Krippe sitzend in der Nase und war weder durch dezentes Kopfschütteln und grimmiges Schauen davon abzubringen.

Auch die Bescherung würde – nach meiner Einschätzung – die Stimmung nicht entscheidend verbessern. Denn ebenfalls mein Jüngster hatte sich nur nach wochenlangem Auf-ihn-Einreden und Unter-Druck-Setzen zu einem Geschenk für die Oma durchringen können. Dieses war dann zwar selbst aus Fimo gemacht, aber es stellte ein Pokemon dar. Solche kleinen Monster hatte Lars schon Wochen vorher mal mit seinem Freund hergestellt in einem Anfall von besonders hohem Pokemonfieber. Ich bezweifelte, dass die Oma damit etwas anfangen könne. Aber Lars meinte, das käme von ihm und das sei das Wichtigste. Um dem Ganzen die Krone aufzusetzen, hatte er das zwei bis drei Zentimeter große Figürchen in mehrere Fetzen verschiedenen Weihnachtspapiers eingepackt und jede Schicht fest mit Tesafilm verklebt. Das Ganze wirkte wie ein Papierknäuel, den man aus Versehen neben den Papierkorb geworfen hatte.

Nach der Kirche also die Bescherung, die nächste Klippe. Wie immer packte ich alle Geschenke unter eine Decke. Die beiden Jungs holten abwechselnd ein Geschenk heraus, reichten es dem Empfänger, der es dann öffnete. Alle schauten zu und freuten sich mit. Schließlich kam auch der Unglücksknäuel zum Vorschein. Ich drückte mich in meine Sofaecke und hoffte, dass alles schnell vorüber ginge. Allzu oft hatte es bei meiner Mutter am Heiligenabend Tränen gegeben, wenn ein missglücktes Geschenk überreicht wurde.

Aber es lief völlig anders, als ich befürchtet hatte. Oma nahm den hässlichen Papierknäuel schmunzelnd entgegen, wog ihn bewundernd in der Hand und versuchte vom Gewicht auf den Inhalt zu schließen. Lars war begeistert. Das war ganz nach seinem Herzen. Denn Oma würde nie drauf kommen, da konnte er sich völlig sicher sein. Oma musste also nachschauen. Sie löste Schicht für Schicht, äußerte sich begeistert über die verschiedenartigen Geschenkpapiere, lobte die hervorragende Verpackung. Das Geheimnis wurde immer größer. Als dann endlich das Pokemon zum Vorschein kam, waren Oma und Lars total begeistert. Lars konnte jetzt Oma genau über die 150 verschiedenen Pokemonarten informieren, die sich wiederum in drei verschiedenen Stufen entwickeln und dabei jeweils verschiedene Namen tragen. Ein Gespräch ohne Ende. Lars war völlig in seinem Element. Oma war begeistert, was ihr Enkel alles wusste. Ich war grenzenlos erleichtert. Es war ein richtig schönes Weihnachtsfest geworden.

Dorothea Weber

Die Taube auf der Hutablage

Es war an einem regnerisch-kühlen Samstag Morgen, als Ursula, meine Frau, und ich in der Mainzer Innenstadt Einkäufe tätigen wollten. Wir waren zu Besuch bei den Eltern, und zur Tradition gehörte, wenigstens einen kurzen Blick in den Dom zu werfen. Nur wenige Menschen hielten sich am Rheinufer auf. Wir näherten uns auf unserem Stadtgang der Theodor-Heuss-Brücke, als wir von Weitem einen Schäferhund bemerkten, der etwas am Boden liegendes Graues, etwa von der Größe eines Tennisballs, beschnupperte. Als wir uns diesem Knäuel näherten, trottete der Hund desinteressiert weiter, und wir entdeckten direkt unter dem verwirrenden Stahlgeflecht der Straßenbrücke, an den kalten, verwaschen-roten Stein des mächtigen Brückenpfeilers gelehnt – ein Taubenküken! Noch ohne Federn, in grauen Flaum gehüllt, die Augen geschlossen, lag es dort auf feuchtem Grund. Ich nahm es vorsichtig auf und legte es in eine der Fensterhöhlen, die, Schießscharten ähnlich, seitlich des Brückenpfeilers eingefugt waren, in der Erwartung, dass es dort vielleicht von den Eltern entdeckt und gefüttert würde.

Wir erledigten unsere Einkäufe, hatten den Dom besucht und machten uns nach etwa zwei Stunden auf den Heimweg. Wieder mussten wir auch die Fensterhöhle im Brückenpfeiler passieren, in welche wir das Taubenküken abgelegt hatten. Und da lag es noch! Offenbar ungefüttert, Hals und Kopf ausgestreckt am Boden – sterbend oder bereits tot. Erst als ich das Küken in die Hand nahm, verriet mir die noch vorhandene Restwärme: Es lebt! Wir hasteten nach Hause. Dort endlich angekommen, Atmung war bei unserem Küken fast keine mehr zu spüren, zerrieb Ursula Katzentrockenfutter in kleine Partikel (meine Eltern hielten zwei Katzen in der Wohnung), vermischte es mit lauwarmem Wasser, und dann wurde unser Taubenküken zwangsernährt. Da der Schluckreflex beim Täubchen ausblieb, mussten wir sehen, dass wir den Futterbrei möglichst tief in den Schlund des Kükens bekamen. Keine leichte Aufgabe!

Die Sorge um das Überleben eines kleinen, hilfsbedürftigen Geschöpfes, das uns quasi vor die Füße gefallen war, hielt uns den ganzen Tag und in Intervallen auch die Nacht über in Bewegung. Das Küken zeigte erste Zeichen von Verdauung, das ließ uns hoffen. Ansonsten lag unser Täubchen entkräftet in seinem warm ausgepolsterten Brotkörbchen. Am nächsten Tag, einem Sonntag, machten wir uns auf die lange Autofahrt von Mainz nach München. Ursula hatte das Körbchen auf ihrem Schoß und fütterte und beobachtete und sorgte sich. Es war im Spessart, als unser Küken auf einmal die Augen leicht öffnete, zitternd begann, sein Köpfchen zu heben und versuchte, sich den Flaum zu putzen. Uns ergriff eine große Freude, denn unser Täubchen zeigte Leben. Kurz vor München bereits konnte unser Täubchen, zwar noch etwas wackelig und zitternd, für eine kurze Weile auf eigenen Füßen stehen! Auch entwand sich dem Kropf gelegentlich ein jammerndes, aber deutlich hörbares Piepsen. Die ersten Ansätze einer Kommunikation zwischen uns und unserem »Findelkind«.

Da wir nun sicher waren, dass unser Täubchen überleben würde, musste es natürlich einen Namen bekommen. Ein Tier mit diesem Schicksal und mit »diesen Eltern« konnte natürlich nicht Hansi oder Lucki heißen! Nein! Es sollte im Namen bereits Außergewöhnliches erkennen lassen. Wir nannten unsere Taube: Lui der Erste – von unner de Brick (Lui der Erste von unter der Brücke).

Lui gedieh prächtig! »Er« bekam in der Küche auf dem Besenschrank seinen – wie es für Blaublütige nur recht und billig ist – Logenplatz auf einem kleinen Holzklotz und nahm von dort oben her Anteil an allem, was so in der Küche geschah. Tage später wurde Lui erwachsen. Er legte sich ein prächtiges grau-blaues Federkleid zu und sein kükenhaftes Piepsen wandelte sich in ein richtiges Taubengurren. Wir mussten Taubensprache verstehen und gurren lernen, wobei uns das Verstehen leichter fiel als das Gurren. Wir wussten, wann Lui Hunger hatte, schlechter Laune war, aggressiv, fröhlich oder kommunikativ war oder einfach nur seine Ruhe haben wollte. Auf unser »Gurren« hin, auch wenn er weit weg war, antwortete er stets.

Unser Lui lernte natürlich sehr bald fliegen, hielt sich dann ganz viel draußen im Freien auf und spähte, wenn wir zur Arbeit außer Haus waren, vom höchsten Punkt der Siedlung nach uns, besser gesagt, nach uns in dem roten Golf aus. Erblickte Lui dann den Golf, er konnte ihn von allen anderen roten Autos genau unterscheiden, dann stürzte er mit leichtem Schwingenschlag dem Auto entgegen, flog auf der Fahrerseite in Außenspiegelhöhe neben dem Auto her, um dann kurz vor der Garage nach oben abzudrehen und in einer eng geflogenen Kurve wieder auf dem Begrenzungspfosten des Gartentores zu landen und uns unter lautem und heftigen Gurren zu begrüßen, wobei Lui dann noch aufgeregt hin und her trippelte, den Kopf hob und wieder senkte und feste mit seinen roten Zehen auf die Mauer trat.

Nach dem Öffnen der Tür war Lui immer der erste in der Küche, nahm Besitz von seinem Holzklotz auf dem Besenschrank, wo er seinen gurrenden Begrüßungstanz noch eine ganze Weile weiterführte.

Jeden zweiten Tag, Lui war anspruchsvoll und reinlich geworden, wollte er baden bzw. gebadet werden. Er kam dazu von seinem Holzklotz vom Besenschrank zum Spülbecken herunter geflogen und blieb mit »aufgeblasenen« Federn am Rande des Beckens stehen. Zeichen für uns: Tätig werden! Stöpsel in das Spülbecken, Wasser einlaufen lassen. Dann nahm Lui sein Bad: Ein wildes, unbeherrschtes Plantschen, Flügelschlagen, Prusten, Schnauben und Schütteln begann, sodass der Küchenboden binnen kurzem von Wasserlachen übersät war. Nach dem aufwändigen Bad flog Lui nicht auf den Holzklotz auf dem Besenschrank, sondern auf ein Hängebord, wo Ursula bereits Küchenpapier als Ruhe- und Trockenplatz für den feuchten Lui ausgebreitet hatte. Dort legte Lui sich platt auf den Bauch, breitete weit seine Flügel aus und schaute uns aus kugelrunden Augen zufrieden an.

Lui lernte viel! Er hörte aufs Wort, flog auf bestimmte Zeichen dorthin oder dahin, breitete auf Kommando seine Flügel aus, um wie ein stolzer Adler dazustehen, oder legte sich auf Befehl auf den Bauch. Lui wurde zur echten Sensation für uns und alle, die zu uns auf Besuch kamen.

Wochen später mussten wir wieder einmal nach Mainz. Elternbesuch! Lui kam – wie immer – mit. Er liebte das Autofahren, hinten auf der Hutablage. In Mainz durfte er genauso frei herumfliegen wie bei uns in Bayern, er fand seinen Weg auf den dortigen Balkon ohne Orientierungsschwierigkeiten. Eines Morgens, Lui war schon seit Kurzem auffällig unruhig und aggressiv, schwang er sich mit ungewöhnlich kräftigem Flügelschlag in den weiten Himmel über dem Rhein und kam nie mehr wieder. Er war wohl geschlechtsreif geworden und sehnte sich nach Taubennähe und nicht mehr nach Menschennähe. Sicher wird er zur nicht weit entfernten Theodor-Heuss-Brücke geflogen sein, um dort eine Familie zu gründen und seinen Kindern von den Menschen zu erzählen, die unter dem Stahlgewirr der gewaltigen Brücke hindurch ihren Alltagsgeschäften nachgehen.

Egon Weiss

Wie eine Königin

Eines Sommernachmittags ging ich, ein Buch in der Tasche, ins nahe gelegene Schwimmbad. Auf der Wiese nahm ich Platz, wollte mich in die Lektüre vertiefen, kam aber nicht weit – wusste auch gar nicht, was ich las –, sondern meine Gedanken waren in zunehmendem Maße in das vertieft, was sich vor meinen Augen abspielte.

Eine Mutter saß da auf der ausgebreiteten Decke, neben ihr lag ein Kind. Eigentlich gar nichts Ungewöhnliches im Schwimmbad. Doch das Kind lag – ja, es lag so merkwürdig ruhig, es bewegte sich kaum. Die Mutter gab ihm Gebäck, aber nicht in die Hand. Sie legte es so hin, dass es sich das Kind mit großer Mühe und Anstrengung holen musste, meistens misslang der Versuch. Dann steckte ihm die Mutter Luftballons in den Mund, diese kleinen bunten Schläuche. Es versuchte, immer wieder Luft hineinzublasen, nur ganz wenig, aber es formte sich ein kleiner Ballon.

Jetzt war mir völlig klar: Es war ein gelähmtes Kind. Eine Zeitlang verstrich, dann richtete es die Mutter auf, und ich konnte die grässliche Narbe erblicken. Diese lange Narbe durchzog den ganzen Kinderkörper.

Das Kind bekam ein Badehöschen angezogen. Die junge Mutter nahm es und trug es über der Schulter, so, als trüge sie einen schweren Sack, der Kopf, die Beine baumelten herunter. Sie gingen zum Plantschbecken, kamen zurück. Nach einer Weile gesellten sich in meine Nähe drei Buben. Einer hing an der Kletterstange. Schnell bemerkten sie das behinderte Kind. Sie sahen es sich nicht an, sie starrten mit großen Augen und offenen Mündern. Die Mutter ging jetzt einige Schritte zum Wiesenrand. Sie bückte sich und pflückte Gänseblümchen, eins nach dem anderen, und da geschah es:

Aus einem der Jungen brach es heraus, laut und unbarmherzig drang es der jungen Mutter ans Ohr: »Nein, *so* ein Leben! Dann lieber gar kein Leben!« Die Mutter zeigte keinerlei Regung. Ich dachte, das sind keine Kinderworte, das sind Worte der Erwachsenen, aus diesem Kindermund nachgeplappert. Es ist ja die Meinung der meisten Menschen unserer Leistungsgesellschaft.

Die Jungen trollten sich davon.

Die Mutter gab das Sträußchen Gänseblümchen ihrem Kind in die Hand, hielt es fest und sah ihm ganz tief in die Augen.Was nun geschah bewegte mich sehr. Ich hörte das Kind singen mit einer glockenhellen, klaren Stimme, das mir so vertraute Kindergartenlied: »Heim, heim, heim woll'n wir gehn ...« Und ich dachte, das Kind ist glücklich, wenn es solch eine Mutter hat.

Das Kind wurde angezogen, in einen Spezialwagen gesetzt. Die Mutter schob den schweren Wagen. Hübsch sah sie aus, sie ging mit festem Schritt. Das Haupt erhoben wie eine Königin.

Christine Winkler